Grit Poppe

Alice Littlebird

PETER HAMMER VERLAG

Grit Poppe

Alice Littlebird

Peter Hammer Verlag

1

Immer wieder strich sie ungläubig durch ihr Haar. Es fühlte sich falsch an, so kurz wie es jetzt war. Wie abgehackt, mit stachligen Spitzen. Die Schere hatte kalt ihren Nacken berührt; das Geräusch des Schneidens klang noch in ihren Ohren. Der metallische Ton, der zu ihr sprach wie ein böser Geist: *Du bist jetzt hier, an einem fremden Ort, in meiner Gewalt.*

Schnipp, schnapp. Das lange schwarze Haar, die glänzenden, sorgfältig geflochtenen Zöpfe waren auf den Boden gefallen wie tote Vögel. Alice Littlebird hatte flüsternd gebetet – in der Sprache der Cree, ihres Volkes. Erst leise, so leise, dass sie es selbst kaum hörte. Dann, als die Schere auf ihrer Stirn lag – direkt über ihren Augen –, wurde ihre Stimme lauter. Bis die Frau, deren Gewand schwarz wie aus Rabenfedern war, ihre Hand kurz und energisch auf ihren Mund legte.

Sie sagte etwas zu ihr – in einem herablassend wütenden Ton. Alice blickte in das Gesicht der Fremden, das durch den finsteren Schleier, den sie trug und der Haar und Ohren verdeckte, totenblass aussah. In Alice' Ohren rauschte es, und obwohl sie ein paar Brocken Englisch beherrschte, verstand sie die Worte nicht. Aber sie begriff, dass sie schweigen sollte.

Es war Nacht. Sie lag in einer großen hohen Halle. Liege an Liege reihte sich hier aneinander. Alice fühlte ihr Herz flattern. Die anderen Mädchen schliefen. Hin und wieder hörte sie ein Schluchzen. Sie war nicht die einzige Neue. Der fremde Stoff juckte auf ihrer Haut, so dass sie sich hin und her wälzte und sich heimlich kratzte – am Bauch, an den Armen, am Hals. Der scharfe Geruch des Nachthemdes kitzelte in der Nase. Alice hielt den Atem an und konzentrierte sich darauf, nicht zu niesen. Sie wollte die anderen nicht wecken; wenn sie aufwachten, würden sie nur wieder anfangen zu weinen. Und es gab niemanden, der sie tröstete.

Alice zählte mit ihren neun Sommern und Wintern zu den Älteren hier im Raum.

Vor einem Jahr war sie mit ihrer Mutter bei einem Arzt gewesen, der sehr freundlich war und sogar ein paar Brocken Cree konnte. Er stellte Alice einfache Fragen auf Englisch, und einige verstand sie und versuchte zu antworten. Am Ende des Besuchs gab er ihnen ein Papier und erklärte ihnen, was darauf stand: dass sie noch zu schwach und kränklich sei für die Schule.

Alice war wütend gewesen über die Einschätzung. Sie fühlte sich keineswegs so klein und kraftlos. Doch ihre Mutter wirkte erstaunlich fröhlich und ging mit ihr in ein Geschäft, und Alice durfte sich ein paar Bonbons aussuchen.

Als sie sich in dem riesigen Schlafsaal der Internatsschule umsah, begriff Alice auf einmal, dass ihre Familie sie so lange wie möglich geschützt hatte. Warum durften nicht

wenigstens die kleinen Kinder bei ihren Müttern und Vätern sein?
Es fühlte sich ungewohnt an, auf einem Bett zu liegen – mit dem straff gezogenen weißen Stoff und einem Ding, das auf den ersten Blick aussah wie eine vom Himmel gefallene Wolke. Alice legte ihren Kopf darauf, so wie man es ihr gezeigt hatte. Etwas pikte ihr ins Gesicht, und verwundert zog sie eine kleine weiße Feder aus dem Stoff. In ihrer Familie benutzte niemand so einen Federbeutel.
Die Liege hier bestand aus Metall, mit einer Art Zaun vorn und hinten, als wäre es ein kleiner Käfig. Sie war so schmal, dass Alice anfangs Angst hatte, im Schlaf hinunterzufallen. Auch dieser Abstand zwischen der Erde und ihr kam ihr merkwürdig vor. Sie verstand nicht, wozu der gut sein sollte. Zuhause in der Hütte hatte sie nachts auf einem Bärenfell gelegen, das älter war als sie selbst, viel älter. Es war nicht einfach nur ein Schlaflager, sondern gehörte zu einer Geschichte, die ihre Großmutter wieder und wieder erzählt hatte: wie der Bär in ihr Dorf gekommen war, hungrig, wild, brüllend, auf der Suche nach Nahrung. Wie der Großvater, überrascht von dem Angriff des riesigen Tieres, ihm entgegengetreten war, um seine Familie zu schützen, nur mit einem Messer bewaffnet … Die Pranken des Raubtiers trafen den Großvater immer wieder, doch als der Bär nach ihm schnappte, stieß er ihm mit aller Kraft das Messer in den Rachen. »Der Große Geist war bei uns und hat uns beschützt«, murmelte die Großmutter zum Abschluss ihrer Erzählung jedes Mal beruhigend.

Alice Littlebird hatte die Spuren dieses Kampfes noch gesehen, die tiefen Narben auf der Brust – da war sie vier oder fünf Jahre alt gewesen. Es war Sommer. Der Großvater hatte mit nacktem Oberkörper in der Sonne gesessen und gesungen, mit leiser, heiserer Stimme, ein letztes, sehr langes Lied, bevor er nur ein paar Tage später starb.

Alice seufzte leise. Wenn sie an ihn dachte, sah sie ihn am Ufer des Flusses stehen, reglos, mit einem Speer in der Hand, an dessen Ende ein großer Haken befestigt war. Das Wasser glitzerte im Sonnenlicht. Und der Großvater stand einfach nur da, ruhig und still wie ein Baum. So lange, bis ein Fisch auftauchte, der groß und fett genug war, um als Nahrung zu dienen. Dann schoss die Waffe blitzschnell in das Wasser hinein, und im nächsten Moment zappelte die Beute am Haken des langen Stabes.

Einen Moment roch Alice den frisch gebratenen Fisch, schmeckte ihn auf der Zunge. Das Wasser lief ihr im Mund zusammen, und ihr Magen knurrte.

Bei ihrer Ankunft in der Internatsschule hatte jedes Kind ein Schälchen mit einer wässrigen Suppe erhalten. Doch Alice bekam sie kaum herunter, so wund fühlte sich ihr Hals an. Sie musste sich zum Schlucken zwingen, und die Flüssigkeit schmeckte so salzig wie ihre Tränen. Immer wieder hatte sich Alice in dem langen Raum, in dem nur Tische und Stühle standen, umgeblickt. Wieso war sie an diesem Ort? Was sollte sie hier?

Wo war ihr Bruder?

Zwei Jahre hatte sie ihn nun schon nicht mehr gesehen.

Jeden Sommer hatte sie auf ihn gewartet. Beinahe täglich war sie auf den Hügel geklettert, auf dem sie früher oft zusammen gespielt hatten und von dem man ins Tal hinabblicken konnte, und hatte Ausschau nach ihm gehalten. Doch er tauchte nicht auf. Nur ein Brief wurde ihnen schließlich geschickt. Darin stand in englischer Sprache, dass er auch in diesen Sommerferien nicht kommen würde. Der Bote, der mit seinem kleinen Wasserflugzeug alle zwei Wochen mitten im Reservat auf dem See neben dem Postamt landete, übersetzte stockend, Wort für Wort. Als er die Tränen sah auf den Gesichtern, räusperte er sich verlegen.
»Vielleicht kommt er ja in den nächsten Ferien.«
Niemand sprach. Es war sehr still in dem Blockhaus, das als Poststation diente.

Alice drehte sich unruhig in dem Bett hin und her.
»Du wirst ihn wiedersehen. Du wirst deinen Bruder wiedersehen«, murmelte sie leise vor sich hin.
Sie erschrak, als sie merkte, dass die Laute aus ihrem Mund gekommen waren.
Die Rabenfrau, die am Eingang stand und ihre Blicke über die Betten schweifen ließ, reckte den Hals.
Alice versuchte sich klein zu machen, unsichtbar zu werden unter der dünnen Decke. Sie besaß diese Gabe, sie konnte in ihr Nest tauchen wie ein kleiner Vogel. Ihre Hand, die noch eben die Haarspitzen betastet hatte, zog sich vorsichtig zurück und legte sich auf das schnell klopfende Herz. Ruhig. Sie musste ruhig werden.

Umhüllt von ihrem finsteren Gewand stand die Rabenfrau eine Weile lauschend da. Dann lief sie langsam an den Reihen vorbei. Sie trug ein flackerndes Licht vor sich her, so dass das Kreuz auf ihrer Brust leuchtete, und drehte ihren Kopf mal in die eine, mal in die andere Richtung.
Alice beobachtete sie hinter ihren Wimpern, ohne sich zu rühren.
Das Gesicht der Frau war schneeweiß. Ihre Nase, die unter der großen Haube herausragte, wirkte spitz und lang wie ein Schnabel. Als könnte sie damit zuhacken.
Wie fremd Alice sich hier fühlte. Sie musste schlucken. Wie allein sie war!
Nein, das stimmte nicht. Hier lag doch Kind an Kind – alle in der gleichen Situation wie sie.
Und ihr Bruder … Er befand sich nicht weit entfernt von ihr. Es kam ihr vor, als könnte sie seine Nähe spüren.
Jumping Elk.
Seinen Namen hatte er bekommen, nachdem er das erste Mal mit dem Vater auf der Jagd war und ein Elch erschrocken aus einem Busch preschte – und ihr Bruder ebenso überrascht und panisch in großen Sätzen davonsprang.
Sie dachte an ihn, an sein Gesicht, an sein ausgelassenes Lachen. Wie oft hatte er sie geärgert, sie ins Bein gezwickt, sie mit Schneebällen beworfen und war dann davongelaufen. Natürlich war sie ihm nachgerannt, so lange, bis sie ihn einholte oder er sich einholen ließ und sie sich kichernd auf dem Boden wälzten und sich gegenseitig kitzelten oder mit Schnee einseiften.

Jeden Tag spielten sie zusammen, lachten, alberten herum, gingen manchmal gemeinsam angeln oder auch auf Kaninchenjagd.
Bis die Männer kamen, um ihn mitzunehmen: der Regierungsbeamte und ein Polizist in roter Uniform. Ihr Vater protestierte, die Mutter weinte, und die Großmutter schimpfte. Sie wollten den Jungen nicht gehen lassen. Sie hatten ihn schon einige Male versteckt, aber diesmal kamen die Männer zu zweit und waren bewaffnet.
Ihre Stimmen wurden lauter, energischer, es war klar, dass sie mit etwas drohten. Der Regierungsbeamte redete in Cree auf die Erwachsenen ein und ließ sich von ihrer Gegenwehr nicht beeindrucken. Der Polizist verlor die Geduld. »*Shut up!*«, brüllte er die Großmutter an. »Halt den Mund! Sollen wir alle Kinder wegbringen? Der Junge kommt mit! Oder möchtet ihr, dass sein Dad im Gefängnis landet?«
Er zeigte auf die jüngeren Kinder: auf die zweijährige Kimi und das Baby Ahanu. Er zeigte auch auf Alice, und dann machte er mit Zeichen klar, was dem Vater drohte, und legte seine Handgelenke übereinander.
Ihr Bruder war den Männern schließlich gefolgt. Widerstandslos, mit einem Achselzucken, den Rücken stolz und gerade durchgedrückt, wie ein Krieger, der sich opfert – wie ihr Großvater, der sich vor den Grizzly gestellt hatte.
»Macht euch keine Sorgen. Ich werde Englisch lernen und schreiben und lesen. Und im Sommer kehre ich zu euch zurück als der, der ich bin: ein Junge der Cree!«
Mit einem Lächeln war er auf die offene Ladefläche des

Viehtransporters gestiegen. Dort saßen schon andere Kinder, lauter Jungen und Mädchen ihres Volkes. Auf dem Weg zur Schule: der *Black Lake Residential School*, British Columbia.

Und nun war Alice selbst hier. Etwa hundert Meilen entfernt von ihrer Familie. Nie zuvor war sie von ihr getrennt gewesen.

Sie sah ihren Vater, der mit verschränkten Armen und gerunzelter Stirn zusah, wie seine Tochter fortgebracht wurde, sie sah ihre Mutter am Straßenrand mit den beiden kleinen Geschwistern: Sie winkte langsam, als wäre ihr die Hand zu schwer. Die Großmutter war im Schatten des Hauses geblieben. Wegen der Hitze, die an diesem Tag herrschte? Oder wegen ihrer Tränen?

Es fühlte sich für Alice an, als wäre sie in ein tiefes Loch gefallen, in die Finsternis, in einen bösen Traum, aus dem sie nicht erwachte. Wo befand sie sich hier? Am Ende der Welt?

Doch ihr Bruder musste ganz in der Nähe sein!

Bloß wo?

Im Nachbarhaus?

Sie dachte daran, sich bei der nächsten Gelegenheit aus dem Schlafsaal zu schleichen, um über den Hof auf die andere Seite zu laufen. Irgendwo dort, bei den Jungen, würde sie ihn finden.

Die Rabenfrau stakste so dicht an Alice vorbei, dass sie ihren Atem hören konnte. Ein schwerer, beinahe rasselnder

Atem – als wäre sie krank gewesen oder als würde sich eine Krankheit in ihr eingenistet haben.
Ihre Schritte klangen hölzern, sie musste wohl klobige Schuhe tragen. Sicher war es nicht besonders schwer, der Rabenfrau zu entkommen.
Sie blieb stehen und starrte Alice an. Ahnte sie etwas von den Gedanken des Mädchens?
Alice fühlte den prüfenden Blick wie eine Berührung.
Sie musste sich in Geduld üben. Auf einen passenden Moment warten. Sie durfte nicht reden, nicht weinen, sich nicht verraten, sonst ...
Sonst was? Alice wusste es nicht. An diesem Ort war alles anders.
Zu Hause sang die Mutter ihr Lieder vor, wenn sie nicht einschlafen konnte. Oder sie erzählte ihr, wie sie auf die Welt gekommen war. Als der Schneesturm tobte und die Hebamme zu spät kam ...
»Deine Großmutter hat dir auf die Welt geholfen. Du lagst schon auf dem Bärenfell, als die Hebamme kam. Wie ein kleiner Vogel, der aus dem Nest gefallen ist. Winzig und leicht wie ein Küken. Du warst so schwach, zu früh geboren. Du hast keinen Laut von dir gegeben. Wir lauschten auf deinen Atem und konnten nur den Bruder Wind hören, der an der Tür rüttelte; das Pfeifen des Sturms war lauter als deine ersten Atemzüge. Wir fürchteten, du würdest keine Luft bekommen. Aber du warst einfach nur ein leises Kind. Deine Augen waren groß und lebenshungrig. Du wolltest *leben*, Littlebird.«

Die Mutter hatte ihr extra ein neues Kleid genäht für die Schule, ein helles leichtes Kleid aus Hirschleder, mit kunstvoll gestickten Blumen und bunten Pflanzenmustern. Alice mochte den Geruch des Leders, der vom Wald erzählte, von den Tieren, vom Rauch des Lagerfeuers vor ihrer Hütte – von ihrem Zuhause.
Doch man hatte ihr das Kleid kurz nach der Ankunft weggenommen. Auch die Mokassins, die ihre Großmutter mit Blattornamenten aus blauen und weißen Perlen bestickt hatte, nahm man ihr ab. Die Tasche aus Elchleder mit den wenigen Habseligkeiten – ein paar Kleidungsstücken, Süßigkeiten und dem einzigen Buch, das sie besaß – verschwand in dem Zimmer, in dem sie sich ausziehen musste und eine Frau sie mit einem weißen stinkenden Pulver einrieb; die Tasche verschwand ganz oben in einem Schrank, hinter einer Tür, die leise knarrte und die mit einem Schlüssel abgeschlossen wurde.
Die Rabenfrau gab ihr enge, harte Schuhe und fremde Sachen, und Alice musste sich eine Nummer merken, die an jedem Stück angebracht war. Die Rabenfrau zeigte ihr, wie sie sich zu kleiden hatte, wie man die Schuhe zuband, damit sie nicht von den Füßen rutschten, und sprach dabei die Zahl ein paarmal laut aus. Sie gab Alice zu verstehen, dass das von jetzt an *ihre* Nummer wäre, die Nummer 47.
Warum war sie hier?

2

Der passende Moment ließ auf sich warten. Der passende Moment, zu den Jungen hinüberzugehen und sie nach ihrem Bruder zu fragen.
Die Nonnen bewachten die Kinder auf Schritt und Tritt. Sie sah den hohen Zaun aus matt glänzendem Draht, der den Jungenhof vom Hof der Mädchen trennte und sich um das ganze Gelände zog. Dahinter lag der Schwarze See – ganz nah und doch unerreichbar. Waren sie denn Gefangene?
Wieso konnte sie nicht einfach zum See hinunterschlendern, sich an das Ufer setzen und mit ihrem Bruder plaudern?

Stattdessen lief Alice mit den anderen Mädchen im Gänsemarsch zur Kirche. Alle trugen sie die gleichen Kleider, die gleichen weißen Schürzen, die gleichen klobigen Schuhe. Sie hörte die Glocken läuten. Sie klangen fremd für ihre Ohren, aber nicht unangenehm. Der gleichmäßige Rhythmus erinnerte sie an das Schlagen der Trommel bei den Zeremonien ihres Volkes. Ein hin- und herschwingendes Geräusch, nur dass dieses von oben zu kommen schien, vom Himmel, in dem der Herr Gott wohnen sollte, wenn sie das richtig verstanden hatte.
Hörte ihr Bruder die Glocken auch?
Das Erste, was sie in der Internatsschule lernten, war zu

beten. Alice stellte sich vor, dass der Gott irgendwo über ihnen schwebte wie auf der Schaukel, auf der manchmal Kinder saßen, die weit hinaufzufliegen schienen und wieder zurück. Hin und her schwang dieser Gott in ihrer Vorstellung, im Rhythmus des Glockengeläuts – über den Wolken, unsichtbar.

»Gott sieht euch, Kinder! Er sieht alles! Auch eure Sünden! Besonders eure Sünden!« Die Sätze der Rabenfrau, die sie so lange wiederholte, bis die Mädchen sie auswendig konnten und allmählich auch verstanden, klangen bedrohlich. Was waren Sünden?

Keine ihrer Mitschülerinnen, die Alice fragte, wusste es. Auf der Stirn der Nonne zeigten sich dunkle Wellen, wenn sie es benutzte.

Am Abend mussten sie vor ihren Betten auf die Knie fallen und für lange Zeit in dieser Position bleiben.

Sie beteten nach dem Erwachen. Sie beteten vor dem Frühstück, das meist aus einem klumpigen Brei bestand und ihnen nicht schmeckte. Sie beteten mittags vor dem Essen. Sie mussten dem Herrn danken für das Mahl. Sie beteten vor dem Unterricht. Die Augen geschlossen, die Hände zusammengelegt unter dem Kinn. *Amen*. Sie beteten nach dem Unterricht.

Sie beteten in der fremden Sprache, ahmten die Worte nach, die ihnen vorgesagt wurden. Es waren fremde Laute, die ihnen nichts sagten. Sie murmelten nach jedem Gebet *Amen*, obwohl sie nicht wussten, was es bedeutete. Die Rabenfrau kontrollierte ihre Aussprache und verbesserte sie.

Es schien ihr egal zu sein, dass sie kaum verstanden, was sie sagte.

Ein toter Mann namens Jesus, der der Sohn dieses Gottes sein sollte, hing am Kreuz in der Kirche, und Alice fragte sich, ob er auch gegen einen Grizzly gekämpft und seine Familie beschützt hatte. Jesus war ein Heiliger, so viel stand fest. Auch wenn er sehr unglücklich aussah und nur einen Lendenschurz trug und ein Stirnband aus Dornen, das sie erschreckte, war er wohl einmal ein großer tapferer Mann gewesen. Denn die Rabenfrau im Schlafsaal und der Pater in der Kirche, der in einem kleinen Häuschen stand, das über den Kindern zu schweben schien, redeten unablässig von diesem Jesus und auch von seiner Mutter Maria und von dem Gott, den sie Vater nannten. *Vater-unser-der-du-bist-im-Himmel-also-auch-auf-Erden.* Sie redeten so viel in der fremden Sprache, dass Alice der Kopf davon schwirrte. Wie sollte sie sich all die Worte auf einmal merken? Warum durfte sie nicht in ihrer eigenen Sprache mit den anderen Mädchen reden?

Sie verstand auch immer noch nicht, wieso sie überhaupt hier sein musste. Warum die Kinder der Cree, der Ojibwa und der Mi'kmaq hier sein mussten. Wenn sie nur endlich ihren Bruder fragen könnte.

Doch die Jungen hatte sie bisher, wenn überhaupt, nur aus der Ferne gesehen – wenn sie in ihrer Einheitskleidung herummarschierten oder auf einem Feld neben dem Sportplatz arbeiteten. Und ihr schien, als wären es nur die kleinen Kinder, ihren Bruder konnte sie nicht entdecken.

»Terry Jumping Elk«, murmelte sie vor sich hin. »Wo steckst du? Deine Schwester ist hier und erwartet dich.« Wenn sie so ernsthaft mit ihm sprach, zeigte er sich ja vielleicht? Dann blickte sie sich suchend um und traf auf einen eisigen Blick.
»Nummer 47!«, sagte die Rabenfrau.
Alice Littlebird fuhr zusammen. War wirklich sie gemeint?
»Wir sprechen keine Indianersprache! Du befindest dich in einem Haus Gottes. Wir reden hier zivilisiert!«
Sie sprach betont langsam und deutlich und schien auf eine Antwort zu warten. Alice hatte im Reservat immer mal wieder ein paar Brocken Englisch aufgeschnappt und versucht, sie sich zu merken. Sie begriff, was die Frau von ihr wollte, doch was sollte sie dazu sagen? Sie fühlte nur ein flaues Gefühl im Magen, als hätte sie etwas Verdorbenes gegessen.
»Das ist die letzte Verwarnung, 47«, drohte die Rabenfrau.
Alice senkte den Blick. Sie würde lernen müssen, stumm mit sich selbst zu reden.
»Hast du mich verstanden?«
Alice spürte, wie die Übelkeit höher stieg und zu einem Würgen in ihrem Hals wurde.
»Yes«, brachte sie heraus. »Ja. Aber mein Name … mein Name ist … Alice Littlebird.«
Beinahe war sie stolz auf sich. Sie hatte schnell gelernt und wusste, wie man seinen Namen sagte in der fremden Sprache. Mit schüchternem Lächeln schaute sie auf.
Doch die Rabenfrau schüttelte nur den Kopf, blickte zu Jesus im Lendenschurz hinauf und bekreuzigte sich.

Wenn er euer Häuptling ist, warum kleidet ihr ihn nicht wie einen Häuptling?, fragte Alice sich stumm. Warum lasst ihr ihn so hängen – nackt, an diese Bretter angenagelt und in all seiner Traurigkeit? Warum helft ihr ihm nicht, wenn er doch verwundet ist und leidet?
Es gab einfach zu viele Rätsel in dieser neuen Welt. Und sie musste endlich herausfinden, wo ihr Bruder war.

3

Alice sah angestrengt an die Tafel. Dann beugte sie sich dicht über das Papier und malte mit dem Bleistift sorgfältig eine ganze Reihe Buchstaben.
A A A A A A A A A A A A A A A A A A A A A A A A A
A wie Alice.
Die Mutter hatte ihr diesen Namen gegeben, kurz nachdem der Bruder zur Schule gekommen war. »Es ist ein guter Name, und wir haben ihn *selbst* ausgesucht«, erklärte sie ihrer Tochter. Sie hatte ihr ein Buch geschenkt mit vielen Bildern, und auch wenn Alice die englischen Sätze nicht lesen konnte, war sie fasziniert von der geheimnisvollen Geschichte. »Es heißt *Alice im Wunderland*«, hatte die Mutter gesagt. »Es ist ein Geschenk von deinem Vater und mir.«
Damit du nicht so traurig bist, schwang in dem Satz mit. Weil

du gerade deinen Bruder verloren hast. Weil wir alle ihn verloren haben.

Doch jetzt lag dieses Buch unerreichbar in einem Schrank, hinter einer Tür, die sie nicht öffnen sollte, in einem Zimmer, das sie nicht betreten durfte.
Vielleicht bekam sie es zurück, wenn sie lesen konnte?

Einige der A auf dem Papier sahen etwas schief aus – wie Zelte, die sich im Sturm beugten. Aber insgesamt war Alice mit dem Ergebnis zufrieden.
Die Lehrerin, Mrs Jason, schrieb sorgfältig den nächsten Buchstaben an die Tafel.
»Das ist ein B«, erklärte sie. »Wer kann mir Worte mit B sagen?« Sie klang klar und streng, aber freundlich.
Einige Finger schossen in die Höhe. Auf Mrs Jasons Gesicht zeigte sich ein dünnes Lächeln.
»Nummer 20?«
»Buffalo, bear, brown!«, sagte ein Mädchen, das in der ersten Reihe saß. »Büffel, Bär, braun!«
Die Lehrerin nickte. »Gut. Und jetzt schreibt den Buchstaben in eure Hefte.«
Alice dachte noch über ein Wort nach, das mit B anfing. Ihr fiel keins ein. Aber sie würde es lernen. Sie würde lesen und schreiben lernen. Und wenn sie im Sommer nach Hause fuhr, würde sie ihrer Mutter die Geschichte von Alice aus dem Wunderland vorlesen. Sie lächelte vor sich hin, ehe sie sich der neuen Aufgabe widmete.

Die Lehrerin war anders als die Rabenfrau. Ihre Kleidung sah beinahe hübsch aus, vor allem die großen Knöpfe, die wie Muscheln glänzten, gefielen Alice. Mrs Jason hatte gewellte braune Haare und trug eine Brille, durch die ihre Augen strahlend blau erschienen.
Alice hatte schon ein paar B geschrieben, als ihr einfiel, sie mit der Vorgabe auf der Tafel zu vergleichen.
Ihre Buchstaben standen leider verkehrt herum. Der Kopf und die Bäuche zeigten in die falsche Richtung. Ihr gefielen sie trotzdem, aber sie wusste schon genug von der Schule, um zu begreifen, dass solche Fehler nicht geduldet wurden. Sie nahm den Stift in die linke Hand und schickte die Buchstaben in die richtige Richtung.
Im Klassenraum war es sehr still. Nur das Papier raschelte leise, und die Schritte der Lehrerin klackten auf den Boden. Mrs Jason stolzierte durch die Reihen, blieb neben Alice stehen und sagte etwas zu ihr.
»*Yes.*« Alice hatte kein Wort verstanden, die Lehrerin redete manchmal einfach viel zu schnell, aber sie wollte nicht unhöflich sein. Vielleicht hatte Mrs Jason sie ja gelobt, weil sie sich solche Mühe gab. Konzentriert, dicht über ihr Heft gebeugt, kritzelte Alice das nächste B.
Plötzlich sauste etwas durch die Luft, und ein heftiger Schmerz brannte auf ihrer Hand. Ein erschrockener Laut kam aus ihrer Kehle, der Bleistift rollte über den Tisch und fiel auf den Boden.
Die Haut ihrer Hand färbte sich rot. Aus einem kleinen Riss über ihren Fingerknöcheln quoll etwas Blut.

Mrs Jason hob den Stift auf und drückte ihn Alice in die rechte Hand.
Alice schluckte die ungesagten Worte ihrer Sprache hinunter. Tränen stiegen ihr in die Augen, aber sie blinzelte einfach nur.
Die Lehrerin stand immer noch vor ihr, den Holzstab mit den schwarzen Zahlen in der Hand. Die Knöpfe am Kleid der Frau schienen Alice auf einmal anzuglotzen wie tote Fischaugen.
Was hatte sie falsch gemacht? Wieso wurde sie bestraft? Sie hatte sich doch Mühe gegeben! Sie wollte doch lernen!
»Wir schreiben mit der rechten Hand«, sagte Mrs Jason. »Die linke Hand ist die Hand des Teufels.« Diesmal sprach sie deutlich, laut und langsam, damit die Kinder ihr folgen konnten.
»Verstehst du mich?«
Alice antwortete nicht. In ihrer Kehle saß ein Glucksen, das sie nicht länger unterdrücken konnte. Schluckauf. Auch das noch. Einige Kinder begannen zu kichern. Alice hielt die Luft an, aber ein paar Hickser kamen gut vernehmbar aus ihrem Innern. Das passierte ihr manchmal, wenn sie aufgeregt war.
Die Lehrerin starrte Alice irritiert an, dann nickte sie ihr zu, bedeutete ihr weiterzuschreiben, so, als wäre nichts gewesen.
Teufel. Das Wort hatte Alice schon mal in der Kirche gehört. Teufel war etwas sehr Böses, vor dem man Angst haben musste. Große Angst!

Der Stift zwischen ihren Fingern zitterte. Der nächste Buchstabe wollte ihr nicht gelingen und der danach auch nicht. Nie zuvor in ihrem Leben war sie geschlagen worden.

Auf einmal fielen ihr Wörter mit B ein: Blut. Blutig. Blutrot. Langsam zog sie die verletzte Hand unter den Tisch.

4

»Sie bestrafen dich sowieso, egal, was du tust«, sagte Shirley, eine der älteren Schülerinnen. »Glaub mir, ich bin lang genug hier, um das zu wissen: Sie finden immer etwas Verbotenes.«

Die beiden Mädchen hockten auf den Knien und schrubbten mit groben Bürsten den Zementboden des Speisesaals. Ein Eimer mit schmutzigem Wasser stand neben ihnen. Die linke Hand von Alice war immer noch etwas geschwollen, und die scharfe Seifenlauge brannte in der Wunde wie Feuer. Aber Alice achtete nicht weiter darauf. Immer wieder warf sie Shirley neugierige Blicke zu. Sie schien sich auszukennen und kein bisschen Angst zu haben. Etwas Schmutz klebte auf ihrer Wange – es sah beinahe aus wie eine Kriegsbemalung.

»Warum darf ich meinen Bruder nicht sehen?«, fragte Alice.

»Weil er ein Junge ist.« Shirley lachte. Dann blickte sie sich nach der Nonne um, die ein paar Schritte von ihnen entfernt einem Mädchen Anweisungen gab, wie sie die Toiletten zu putzen hatte. Shirley schob sich dichter an Alice heran und sprach leise in der Sprache der Cree weiter: »Triff dich mit ihm im Heizungsraum … im Keller. Ich kann eine Nachricht an ihn weitergeben. Schreib ihm, wann … Welcher Tag, Uhrzeit. Aber lass dich nicht erwischen. Und wenn du doch erwischt wirst, erwähnst du mich mit keinem Wort, verstanden?«
Alice hielt in der Bewegung inne. Sie wollte etwas sagen, aber ihr Mund fühlte sich auf einmal so trocken an. Sie brachte keinen Ton heraus. Schließlich nickte sie. »Wie ist dein richtiger Name?«, fragte sie leise.
»Namid«, sagte Shirley. »Das heißt in der Sprache der Ojibwa: Sterne, die tanzen. Meine Mum ist Ojibwa, eine Anishinabe, mein Dad gehört den Cree an.«
Die Nonne blickte stirnrunzelnd in ihre Richtung; sie hieß Beatrice und war eine der älteren, strengeren. In ihrem Gesicht lag ein verärgerter Zug.
»Namid.« Alice überlegte kurz und wechselte ins Englisch: »Ein schöner Name.« Die Laute klangen noch fremd, hölzern, aber sie war sicher, dass sie stimmten.
Unbekümmert redete Shirley in Cree weiter: »Ich hab schon als kleines Kind gern getanzt. Unter dem Sternenhimmel, wenn das Feuer das ganze Holz fast gefressen hatte und nur noch die Glut …«
»Pass auf!«, warnte Alice sie.

Doch es war schon zu spät. Schwester Beatrice kam in schnellen Schritten angelaufen und griff in Shirleys Haar. »Wir benutzen die schmutzige Sprache hier nicht!«, schrie sie und zog das Mädchen am Schopf hoch. »Hast du das immer noch nicht kapiert, Nummer 23? Wie oft habe ich dir schon gesagt …«

Shirley schloss die Augen, als wollte sie sich zurück unter den Sternenhimmel träumen.

»Ich habe dich was gefragt! Antworte!«

Alice fror, als wäre es mitten im Winter. Eine eisige Schicht legte sich über ihre Haut. »Sie kann nichts dafür«, brachte sie zitternd heraus. »Ich wollte wissen … wie sie früher … hieß … und da …«

»Hab ich dich gefragt, 47?«, zischte Schwester Beatrice sie an.

»Entschuldigen Sie bitte, aber …«

Doch die Nonne achtete nicht weiter auf Alice. Sie riss Shirleys Kopf hoch und tauchte ihn plötzlich in das Schmutzwasser hinein.

»Trink!«, befahl sie.

»Nein!«, schrie Alice. »Nein! Nein! Nein!« In der Aufregung fielen ihr keine weiteren Wörter ein.

Shirley fing an sich zu wehren; sie schlug um sich, aber die Frau drückte sie mit eisernem Griff unter Wasser. »Trink!«, schrie sie.

Alice fühlte ihr Herz wie verrückt schlagen. Sie konnte nur Bruchstücke von dem verstehen, was Schwester Beatrice brüllte. Das durfte sie doch nicht! Das durfte die Nonne

doch nicht tun, oder? Alice roch den üblen Mief aus Spülmittel und Dreck. Wie sollte man so etwas *trinken*?
»Wir müssen den Schmutz aus deinem Mund spülen!« Diesen Satz stieß die Nonne immer wieder hervor.
Endlich kamen Alice die passenden Wörter in den Sinn: »Lassen Sie sie los, bitte! Hören Sie auf damit! *Let her go! Please! Stop it!*« Aber sie redete zu leise. Alice fühlte sich immer noch wie ein Eisklumpen – zu keiner Bewegung fähig. Sie wollte eingreifen, helfen – und sie *konnte* nicht.
Wie in einem bösen Traum sah sie das Gesicht von Shirley aus dem Dreckwasser auftauchen. Die Augen weit aufgerissen, prustend, nach Luft ringend. Und wieder darin verschwinden. Blasen stiegen an die Oberfläche, und durch Shirleys Körper lief ein Zucken.
Alice fiel auf die Knie und faltete die Hände zum Gebet. »Lieber Gott … Vater unser, der du bist im Himmel …« Sie sprach laut, japste nach Luft, als wäre sie selbst unter Wasser.
Schwester Beatrice warf ihr einen verblüfften Blick zu, dann endlich gab sie Shirley frei, versetzte ihr noch einen Schubs, so dass sie auf den nassen Zementboden fiel. »Merkt euch das! Kein Wort mehr in der Sprache der Wilden, sie ist die Sprache des Teufels!«

In der Nacht konnte Alice nicht schlafen. Sie rollte sich zusammen und umklammerte ihre Knie, als müsste sie sich selbst festhalten. Mehr als alles andere fehlte ihr in diesem Augenblick ihre Mutter, ein tröstendes Wort, eine Umarmung, ihr beruhigender Geruch … Alice sah immer

wieder Shirley vor sich: den Blick, der weit in die Ferne zu schweifen schien. Wonach hielt Shirley Ausschau? Nach ihrem verlorenen Leben? Ihrer Familie? Nach Hilfe?
Wieso hatte Alice ihr nicht helfen können?
Stattdessen hatte sie zu diesem Gott gebetet. Was war das für ein Gott? Warum musste sein Sohn, dieser Jesus, an dem schrecklichen Kreuz sterben?
Weil ihm niemand geholfen hatte! Nur darum!
Und was hatte die Sprache ihres Volkes mit diesem Teufel zu tun?
Der Teufel besaß Hörner, einen Schwanz und einen Speer mit drei Zacken.
Der Pater hatte ihnen entsetzliche Bilder von der Hölle gezeigt. Die kleineren Kinder hatten geweint vor Angst. Der Teufel war nicht einfach nur ein böser Geist, er besaß eine finstere Macht – so wie Wendigo, ein Wesen mit einem Herzen aus Eis, das Menschenfleisch fraß.
Alice schluchzte in das Kissen hinein. Sie drückte Nase und Mund in das weiche Ding und hoffte, dass sie nicht gehört wurde. Endlich wusste sie, wozu so ein Kissen gut war.

Als sie erwachte, fühlte sie, dass ihr Bett nass war. Das Laken, die Decke, ihr Nachthemd … alles war feucht. Sie hatte von diesem Teufel geträumt – daran erinnerte sie sich noch. Er hatte sie angestarrt, über sie gelacht und mit seiner Waffe auf sie gezeigt, als wäre Alice ein Tier, das er erlegen würde.
Alice zitterte unter der klammen Decke. Ihr Kopf glühte,

aber alles andere war kühl, die Hände und Füße waren eiskalt.
Sie versuchte mit dem Zittern aufzuhören und dachte an das Feuer, an dem sie abends immer gesessen hatten. Sie hörte das Prasseln und das Knacken des Holzes. Die Funken tanzten um sie herum, in der Ferne heulte ein Wolf und rief nach seiner Familie. Ihre Mutter kam aus der Hütte und legte eine Decke um ihre Schultern, im Licht der Glut leuchteten ihre Augen. Alice versuchte, sich an der Erinnerung zu wärmen. Aber es klappte nicht. Ihre Mutter war weit fort. Sie kam nicht, um sie zu beschützen.

Am Morgen kniete sie mit geschlossenen Augen und zusammengepressten Händen neben dem Bett und betete lautlos zu dem fremden Gott, dass er sie bewahren möge vor dem Zorn der Rabenfrau. Wie Schneeflocken wirbelten die Worte in Cree und Englisch in ihrem Kopf herum. Dann spürte Alice den Griff, der sich um ihren Nacken und ihren Hals legte. Ihr Gesicht wurde von der kalten, kräftigen Hand in das nasse Laken gedrückt. Die Frau schrie sie an, einige Kinder schluchzten oder kicherten oder beides auf einmal. Sicher waren sie froh, dass nicht sie es waren, die bestraft wurden.
Alice fühlte, dass sie immer tiefer in sich selbst verschwand – wie eine Schildkröte unter ihrem Panzer. Später stand sie in der Ecke des Schlafraums, in ihrem nassen Nachthemd. Das nach Urin riechende Laken hatte ihr die Nonne wie einen Schleier um den Kopf gelegt.

Alice hielt den Blick gesenkt. Sie sah nur die Füße der Mädchen, die in klobigen Schuhen an ihr vorbeiliefen und die einmal in Mokassins gesteckt hatten.
Sie würde von hier fliehen. Bald. Was sollte der Traum von dem schrecklichen Wendigo-Teufel sonst bedeuten?
Sie musste nur erst ihren Bruder finden.

5

Es war mucksmäuschenstill im Klassenraum. Es war so still, dass Alice die Enten, die auf dem *Black Lake* schwammen, schnattern hörte. Es klang fast wie ein Lachen: ausgelassen, sorglos – niemand kam auf die Idee, Enten einzusperren, oder?
Mrs Jason sah prüfend in die Runde.
»Wenn eine von euch etwas gesehen oder gehört hat, müsst ihr es sagen. Sofort!«
Ihr Blick wanderte von Schülerin zu Schülerin. Die Mädchen saßen starr in ihren Bänken.
»Alice?«
Zum ersten Mal wurde sie nicht mit ihrer Nummer angesprochen. »Ich weiß nichts.«
»Aber ihr hattet doch Kontakt? Du und Shirley.«
»Kontakt?«

Mrs Jason verzog missbilligend den Mund. »Ihr seid Freundinnen, dachte ich. Du weißt, dass du nichts verheimlichen darfst. Das weißt du doch, oder?«
Alice blinzelte nervös zum Lehrertisch hinüber. Das Lineal lag an der Kante des Tisches, als würde es dort schlafen oder sich ein bisschen ausruhen, ehe es wieder zum Einsatz kam.
»Ich … ich … kann nichts dazu sagen.«
Freundinnen? Sie hatten kaum Gelegenheit zum Reden gehabt. Den Zettel, den sie Shirley für ihren Bruder geben wollte, trug sie immer noch bei sich. Er steckte in der Spitze ihres Schuhs, und Alice wartete schon lange darauf, dass sie ihn dem Sternenmädchen geben konnte.
»Ich habe sie seit vielen Tagen nicht mehr gesehen und gesprochen.«
Sie dachte an das schmutzige Seifenwasser. An die Blasen, die aufstiegen, als Shirleys Kopf unter der Wasseroberfläche verschwand. An ihr Keuchen und Husten, als sie wieder auftauchte, an die weit aufgerissenen Augen.
Mrs Jason durchbohrte sie mit Blicken. Alice fühlte sich unbehaglich, aber sie senkte ihre Lider nicht. Sie hatte keinen Grund.
»Na schön, Kinder«, sagte Mrs Jason fast gelangweilt. »Sie wird ohnehin nicht weit kommen … Und wenn wir sie haben, dann blüht ihr eine Strafe, dass ihr Hören und Sehen vergeht.«
Alice versuchte zu verstehen, was die Lehrerin meinte. Was würde mit Shirley passieren?
Aber noch mehr beschäftigte sie eine andere Frage: Wieso

hatte sie Alice nichts gesagt? Sie hätten doch auch zu dritt flüchten können: zusammen mit ihrem Bruder.
Terry Jumping Elk war stark, er hätte sie beschützen und für sie kämpfen können. Und er wusste, wie man Fallen stellte und jagte. Er konnte sie *retten*.

Abends im Schlafsaal, als die Mädchen in ihren Betten lagen, tuschelten sie miteinander.
Wo mochte Shirley sein? Würde sie tatsächlich entkommen? Aber wo wollte sie denn hin?
Alice lauschte dem Flüstern und Geraune, das klang wie Blätterrascheln. Was wurde nun aus dem zusammengefalteten Zettel in ihrem Schuh? Sie brauchte einen neuen Plan.
Es waren nicht die üblichen Schritte, die sich näherten, nicht das hölzerne Klacken der Rabenfrau.
Unwillkürlich richtete sich Alice in ihrem Bett auf.
Pater Robert erschien fast lautlos. Es war nicht völlig dunkel in dem Raum, der Mond schien durchs Fenster, und ein Streifen Licht aus dem Korridor fiel durch die offene Tür.
Alice wunderte sich, ihn hier zu sehen. Sie kannte ihn bisher nur aus der Kirche.
Als er sich ausgerechnet auf den Rand ihres Bettes setzte, fühlte sie sich sofort schuldig. Was hatte sie getan, dass er extra zu ihr kam?
»Guten Abend, Kinder«, sagte er freundlich.
Die Mädchen huschten unter ihre Decken und murmelten eine Antwort. Sie wirkten verblüfft und gleichzeitig verängstigt. Die Gespräche über Shirley verstummten.

Alice spürte die heimlichen Blicke, die dem Pater und ihr zugeworfen wurden.
Noch nie hatte sich ein Erwachsener auf ihr Bett gesetzt. Was hatte das zu bedeuten?
»Ihr alle wisst, was passiert ist, nicht wahr?« Der Pater sah in die Runde – ohne eines der Mädchen direkt anzusehen. Sein Blick schwamm wie ein Fisch an ihnen vorbei. »Es ist nicht schön, wenn so etwas geschieht. Wir machen uns große Sorgen um Shirley.«
Der Pater seufzte und schüttelte den Kopf. »Der See hinter dem Zaun heißt nicht zufällig *Black Lake*.« Er schwieg eine Weile, dann holte er tief Luft.
»Das letzte Mal, als ein Mädchen weggelaufen ist, versuchte sie, über den *Black Lake* zu schwimmen … und …« Wieder seufzte der Mann, nur klang es diesmal sorgenvoller, fast wie ein Schmerzenslaut. »Die Strömung packte sie an den Füßen wie der Teufel persönlich. Zog sie …«
Der volle Mond schien durchs Fenster und spiegelte sich in den Brillengläsern des Mannes.
»… unter Wasser«, betonte er. Der Pater bewegte seine Hände, als würde er die Glocke läuten. »Versteht ihr? Versteht ihr mich, Kinder?«
Es war mucksmäuschenstill. Niemand antwortete.
Pater Robert bildete eine Faust und betrachtete seine Fingerknöchel. Alice sah die Adern, die bläulich durch seine Haut schimmerten und wie kleine Flüsse aussahen.
»Dieses Mädchen … Sie wehrte sich, strampelte, versuchte wieder an die Oberfläche zu kommen … Aber …« Er ru-

derte mit den Armen, als würde er schwimmen. »Sie hatte kein Glück.« Er schüttelte den Kopf und faltete die Hände. Dann sah er Alice an. »Sie schaffte es nicht. Das war wirklich sehr traurig. Versteht ihr mich?«

Ein leises Gemurmel antwortete ihm.

Alice blieb stumm.

»Eines Tages tauchte sie wieder auf. Es war … kein schöner Anblick. Wirklich nicht. Man erkannte sie kaum wieder. Ihre Leiche, meine ich. Ihr toter Körper. Susan sah nicht mehr aus wie Susan.«

Er beugte sich über das Bett und versetzte Alice einen leichten Stups gegen die Schulter. »Leg dich hin, meine Tochter. Es ist Schlafenszeit.«

Alice reagierte nicht sofort. Sie war nicht seine Tochter. Erst als er sie ein zweites Mal berühren wollte, ließ sie sich fallen.

Seine Hand landete auf ihrer Decke. Sie spürte sie wie ein schweres Gewicht auf dem rechten Knie.

Der Pater war zu nah. Und auch wenn sie nicht jedes seiner Worte verstand, jagte ihr das, was er sagte, Angst ein. Vielleicht war Shirley längst tot? Vielleicht trieb ihr Körper auf dem *Black Lake*? Oder etwas hatte sie unter Wasser gezogen und hielt sie dort fest? Wieder sah Alice die Luftblasen aus der schmutzigen Brühe im Eimer aufsteigen.

Hinter der Kirche gab es einen kleinen Friedhof. Weiße Kreuze standen dort – die meisten ohne Namen. Lag Susan dort? Oder das, was von ihr übrig geblieben war?

»Ich werde für Shirley beten«, sagte der Pater und erhob

sich so langsam, als hätte er etwas sehr Schweres in seinen Taschen. »Auch wenn sie eine Sünderin ist, werde ich für sie beten. Und das solltet ihr auch tun. Ich hoffe, unser verirrtes Schaf findet bald zu uns zurück.«
Alice spürte ein Kitzeln in der Kehle und unterdrückte gerade so ein wütendes Lachen. Shirley war kein Schaf! Sie war Namid, Tochter einer Ojibwa und eines Cree. Sie tanzte zum Klang der Trommel, im Schein der glimmenden Glut, unter dem Licht der Sterne. Sie gehörte nicht hinter einen Drahtzaun. Sie konnte hier nicht bleiben.
Und Alice konnte es auch nicht.

6

Und dann endlich kam der Tag, an dem Alice ihren Bruder wiedersah.
Es war ein Sonntag, und die Mädchen hatten ihre weißen Kleider an, die sie nur am letzten Tag der Woche trugen und die keinesfalls schmutzig werden durften. Natürlich sahen die Nonnen jeden Fussel, jedes Sandkorn, jeden kleinen Spritzer sofort, und es hagelte noch mehr Ermahnungen und Beschimpfungen als sonst. Alice hasste dieses weiße Kleid – man konnte sich darin kaum normal bewegen.

Der schrille Ton aus der Pfeife der Rabenfrau trieb sie zusammen, kommandierte die Mädchen vom Hof die Stufen zur Schule hinauf. Sie sollten sich offenbar beeilen. Immer wieder klatschte die Nonne in die Hände, blies in die Pfeife und rief die Nummern auf von denen, die herumtrödelten. Doch als die ersten Schülerinnen in das Gebäude stürmen wollten, war die Tür verschlossen, und die Klinke gab nicht nach. Verwundert sahen sie sich um.

Ein fremder Mann stand ein paar Schritte von ihnen entfernt und baute etwas auf: Er stellte einen Kasten auf ein Ding mit drei Holzbeinen. Dabei schien er zu beschäftigt, um sie zu beachten.

»Das ist ein Fotograf«, erklärte die Rabenfrau. »Er wird mit seinem Apparat Bilder von allen Schülern machen.« Sie schien stolz darauf zu sein. Sie stand sehr gerade und dirigierte die kleineren Mädchen nach vorn, die größeren nach hinten. Das Kreuz, das sie trug, glänzte, als hätte sie es extra geputzt.

Neugierig beobachtete Alice den Mann, der immer noch an dem Gerät herumfummelte. Noch nie war sie fotografiert worden.

Von der Rabenfrau und einer weiteren Schwester wurden die Mädchen hin und her geschoben, bis sie einigermaßen ordentlich standen.

Und dann kamen die Jungen: Sie liefen in Zweierreihen, angetrieben von zwei Nonnen und dem Pater. Alle trugen die gleiche braune Sonntagskleidung, die gleichen braunen Mützen. Sie wirkten wie zu klein geratene Erwachsene.

Alice erkannte ihn sofort. Er kam als einer der Letzten.
Sie sah ihren Bruder an, wartete auf seinen Blick. Sicher, seine langen Haare waren weg, er hatte den kurzen Einheitsschnitt wie alle Jungen, aber sonst war er noch der Alte – er musste es einfach sein. Der große Bruder, den sie so vermisst hatte.
Er schien sie nicht zu sehen. Wieso hielt er nicht Ausschau nach ihr?
Alice ließ ihn nicht aus den Augen. Gib mir ein Zeichen, dachte sie, bitte. Ein ganz kleines. Dass du weißt, dass ich da bin.
Sie stellte sich auf die Zehenspitzen, wippte hin und her. Zu winken traute sie sich nicht.
Da hob Terry den Blick, blinzelte ihr zu und murmelte im Vorbeigehen ein Wort in ihrer Sprache: »Schwester.«
Es klang rau und traurig, als hätte er lange nicht gesprochen.
Alice spürte ihr Herz bis zum Hals schlagen. Sie sandte ihm ein kurzes Lächeln, aber sein Gesicht blieb ernst und abwesend. Freute er sich nicht?
Es dauerte eine Weile, bis die Jungen hinter den Mädchen aufgereiht standen, mehr oder weniger ordentlich, sortiert nach Größe. Alice unterdrückte den Impuls, sich nach ihrem Bruder umzusehen. Er hatte sie gesehen, sie musste geduldig sein, durfte sich nicht verraten.
Sie dachte an den Zettel in ihrem Schuh, auf dem das Wort *Mittwoch* stand und die Zahl 17. Eilig mit dem Bleistift hingekritzelt. Sie hatte einen Ofen dazugezeichnet. Ein

Feuer brannte darin. Eine Flamme schlug aus einem Loch

Würde er verstehen, was sie von ihm wollte?

Und wie sollte sie ihm den Zettel zukommen lassen?

Alice blickte auf ihre Schuhe hinab, bückte sich hastig und hantierte an ihrem Schnürsenkel herum.

Die Nonnen waren noch mit den Jungen beschäftigt.

Sie standen nicht gerade genug, nicht ordentlich genug, noch nicht wie auf einer Perlenschnur aufgereiht.

»Nebeneinander aufstellen! In einer Reihe! Nach Größe, habe ich gesagt! Hört ihr schlecht?«

Ihre Finger zitterten, als Alice nach dem kleinen Stück Papier angelte. Sie fand es nicht sofort. Der Schweiß brach ihr aus, sie kaute auf der Unterlippe herum. *Bruder*, flüsterte es in ihr. Endlich fischte sie den Zettel aus dem Schuh. Sie verbarg ihn in der Faust, die sie langsam hinter ihren Rücken wandern ließ. Ohne sich umzudrehen. Auf gut Glück. Auf den Großen Geist vertrauend.

Und auf Terry.

Sie spürte die Bewegung hinter sich. Die Jungen schoben sich hin und her – wie Wogen, die über den *Black Lake* rollten, wenn es stürmte. Einige Mädchen sahen sich um, verdrehten die Augen über das Chaos und kicherten.

Alice hielt ihren Arm wie einen abgespreizten Flügel nach hinten.

Bruder …

Sie schloss die Augen und dachte an einen Elch, der stolpernd aus dem Gebüsch brach und mit seinen langen, kräftigen Beinen durchs Unterholz stakste. Er drehte sich zu ihr um, so langsam, als wäre ihm die Last seines Geweihs zu schwer. Er sah sie aufmerksam an und bewegte leicht die Ohren, als hätte er ihre Gedanken gehört.

Dann endlich fühlte sie eine Hand an ihrer Hand. Eine kaum wahrnehmbare Berührung.

»Gib her«, murmelte Terry auf Cree.

Sie sog seine Stimme auf und hielt den Atem an.

Seine Finger drückten kurz noch ihren Arm.

7

Die nächsten zwei Tage dachte Alice die ganze Zeit an ihren Bruder, an ihre erste Begegnung seit zwei Jahren.

Terry Jumping Elk. Terry Jumping Elk.

Sein Name trommelte in ihrem Kopf herum und ließ ihr Herz tanzen.

Sie fühlte noch den Druck seiner Berührung, das geheime Zeichen. Seine Kraft war also noch da. Jedenfalls wollte sie das glauben.

Wie sollte sie unbemerkt in den Keller kommen?

Für den Mittwochnachmittag war sie zum Putzdienst eingeteilt worden, sie sollte die Treppe wischen. Das kam ihr gelegen, denn die Stufen, die sie säubern sollte, reichten bis in den Keller. Allerdings wurde ihre Arbeit stets beaufsichtigt. Selbst wenn sie es schaffte, durch die Tür zum Heizraum zu huschen, würde ihr Fehlen schnell auffallen. Was würde geschehen, wenn das Mädchen, das mit ihr putzen musste, sie beobachtete und an die Rabenfrau oder den Pater verriet?

Alice tat am Montag und am Dienstag gehorsam, was von ihr verlangt wurde. Sie sprang aus dem Bett, wenn die Klingel die Nacht beendete, zog das Laken glatt wie ein Brett, betete mit frommem Gesichtsausdruck, schrubbte den Boden, hob den Arm im Unterricht, als Mrs Jason nach dem Yukon River auf der großen Karte fragte, die neben der Tafel hing. Alice versuchte, sich ihre Aufregung nicht anmerken zu lassen und nicht aufzufallen. Sie wurde zu Littlebird, zum Vögelchen im Nest, das sich vor dem heransausenden Falken versteckte.
Wenn sie über den Hof zur Kirche gingen, musterte sie Türen und Fenster. Gab es irgendwo eine Lücke, durch die ihr Bruder schlüpfen konnte?
Sie dachte an das Stück Papier, das sie ihm zugesteckt hatte. Konnte er ihren Zettel überhaupt entziffern? Wusste er etwas mit der komischen Zeichnung anzufangen?
Und dann traf sie die Sorge um ihn wie ein jäher Windstoß: Was, wenn sie ihn in die Falle lockte? Wenn die Nonnen ihn auf dem Weg in den Keller oder gar bei dem Treffen mit ihr erwischten?

Und woher wollte sie wissen, dass der Heizungsraum einigermaßen sicher war?
Shirley war immer noch nicht wieder aufgetaucht. Alice konnte sie nicht fragen.

»Wie ich sehe, gibst du dir mehr Mühe«, sagte die Rabenfrau am Mittwochmorgen zu ihr.
Sie ging einmal um das Bett von Alice herum und nickte anerkennend. »Glattes, sauberes Laken, die Ecken unter die Matratze geschoben, das Kissen ordentlich aufgeschüttelt … Na bitte, geht doch.«
»Danke, Schwester«, sagte Alice höflich.
»Du darfst die nächsten Tage nach der Schule in der Küche arbeiten«, erklärte die Rabenfrau. »Mal sehen, wie du dich da anstellst. Heute Nachmittag fängst du an.«
»Ich verstehe nicht«, sagte Alice verwirrt.
»Ich dachte, du würdest dich freuen.« Die Nonne hob verwundert die Augenbrauen.
»Doch … natürlich …«, stammelte Alice. »Aber ich sollte doch eigentlich … die Treppe sauber machen.«
Die Nonne musterte sie misstrauisch.
Küchenarbeit war bei den meisten Mädchen beliebt. Es gab Zugang zu Nahrungsmitteln, man konnte mal einen Apfel oder ein Stück Brot hinausschmuggeln. Und in einem Topf zu rühren oder Geschirr abzuwaschen war immer noch besser, als auf Händen und Knien Böden zu schrubben, Toiletten zu reinigen oder in der Wäscherei zu schuften.
»Sei froh, dass du deinen Dienst wechseln und noch was

lernen kannst für dein späteres Leben in der Zivilisation. Du könntest dich ruhig ein bisschen dankbarer zeigen.«

»Vielen Dank, Schwester …« Alice verstummte abrupt und hielt sich die Hand vor den Mund. Beinahe hätte sie *Schwester Rabenfrau* gesagt.

Aber der Nonne schien ihr komisches Verhalten nicht aufzufallen. Sie nickte zufrieden, zog den Mund in die Breite und zeigte ihre gelblichen Zähne.

Unwillkürlich musste Alice an die Biber denken, die am See des Reservats lebten.

Die Rabenfrau lächelte doch nicht etwa?

»Melde dich heute um siebzehn Uhr bei mir, dann bringe ich dich zu der Köchin!«

Alice murmelte etwas, das eher mürrisch als begeistert klang. Dann holte sie tief Luft, um doch noch zu widersprechen, aber die Nonne hatte sich schon abgewandt und inspizierte das nächste Bett.

Wie sollte Alice an zwei Orten gleichzeitig sein?

8

Sie betrachtete den Berg Kartoffeln, der sich vor ihr auf dem Tisch auftürmte.

»Na, dann machen wir uns mal an die Arbeit«, sagte die

Köchin und schob Alice ein kleines, blitzendes Messer zu. Die Rabenfrau war bereits gegangen. »Und benimm dich, 47!«, hatte sie ihr noch zugerufen. »Nutze deine Chance!«
»Das werde ich«, hatte Alice geantwortet – und es auch so gemeint.
Die Uhr an der Wand tickte laut und zeigte an, dass es schon fünf Minuten zu spät war.
Fünf Minuten wartete Terry schon im Heizungskeller auf sie. Falls er es überhaupt bis dahin geschafft hatte.
Alice nahm das Messer in die linke Hand, bis ihr einfiel, wie verboten das war. Sie warf einen Blick zur Köchin hinüber, aber die schien nichts bemerkt zu haben. Vielleicht interessierte sie sich auch nicht so sehr für den Teufel? Sie schälte bereits, und Alice staunte, wie schnell sie das konnte.
»Worauf wartest du?«, fragte die Köchin, ohne aufzusehen.
Alice wusste nicht, was sie sagen sollte. Also sagte sie nichts. Ihre rechte Hand schabte an der Haut der Knolle herum.
»Du kannst ruhig die linke benutzen, die Nonne sieht es ja nicht.« Die Köchin lachte. Dann sah sie auf und warf Alice einen schnellen Blick zu. »In meinem Reich darfst du sein, wie du bist.« Sie zwinkerte. In ihren Augen lag ein spöttisches Glitzern. »Solange du deine Arbeit machst.«
Alice war sich nicht sicher, ob sie richtig verstanden hatte. Sie durfte sein, wie sie war? Seit dem Tag, an dem man sie hierherverschleppt hatte, durfte sie nicht mehr die sein, die sie war.
»Sie wollen, dass ich keine Cree mehr bin«, rutschte ihr in ihrer eigenen Sprache heraus.

Sie erschrak über sich selbst. War sie denn verrückt? Wollte sie bestraft werden?
»Schon okay«, murmelte die Köchin. »Du kannst hier reden, wie dir der Schnabel gewachsen ist, auch wenn ich dich dann nicht verstehe, was ein bisschen schade ist.«
»Der Schnabel?«
»Ja, genau. Wie heißt du eigentlich? Ich rede Menschen nicht so gern mit Nummern an.«
»Mein Name ist Alice Littlebird.« Sie flüsterte fast und sah sich nach der Tür um. Sie war geschlossen.
»Na, das passt doch.« Die Köchin nahm sich die nächste Kartoffel. »Schnabel … Kleiner Vogel … Und ich heiße Elisabeth. Du darfst aber auch Elli zu mir sagen. Dann klingen unsere Namen doch fast gleich, findest du nicht?«
Alice presste sich ein Lächeln auf die Lippen und warf einen Blick zur Uhr hinauf. Wieder waren zehn Minuten vergangen.
»Und jetzt sag mir mal, was los ist, kleines Vogelmädchen.«
»Was los ist?«
Elisabeth zeigte mit ihrem Messer Richtung Wand. »Genau. Du siehst ein bisschen nervös aus, würde ich meinen.«
»Ich … ich …« Alice schluckte ein paarmal. »Mein Bruder …«
Einen Moment war es still.
Elisabeth schälte stumm weiter.
Alice beobachtete sie genau und räusperte sich zögernd. Die Köchin war eine rundliche Frau mit einem breiten Gesicht. Auf ihren teigigen Wangen zeigten sich hauchdünne Äderchen. Ihr Hals und ihre Ohren leuchteten rot. In der

warmen Küche schien sie zu schwitzen, obwohl sie nur eine ärmellose Schürze trug. Sie wirkte anders als die Nonnen. Sie wirkte ... ja *wie*?

Konnte Alice der Fremden trauen? Blieb ihr eine andere Wahl?

»Ich muss ihn sehen.«

»Verstehe«, murmelte die Frau. »Du bist verabredet. Darf ich fragen, wo?«

Zaghaft deutete Alice mit dem Zeigefinger nach unten.

»Soso. Dann würde ich mal vorschlagen: Hol mir doch bitte einen Sack Zwiebeln aus dem Vorratsraum im Keller.« Elisabeth nahm eine Zwiebel vom Tisch und zeigte auf einen Sack, der in der Ecke stand. Wieder zwinkerte sie, und Alice brauchte ein paar Sekunden, ehe sie verstand.

»Aber in zehn Minuten bist du zurück, du Vögelchen!«

Die Stufen waren schon gewischt worden und noch nass. Auch wenn Alice von Elisabeth einen offiziellen Auftrag hatte, lief sie auf Zehenspitzen, beugte sich immer wieder über das Treppengeländer und sah hinab.

Sie hoffte nur, dass keine Nonne auf der Suche nach Sündern hier herumschlich.

Im Keller gab es die Wäscherei, die Vorratskammer und den Heizungsraum. Es gab auch noch eine vierte Tür, die mit einem dicken Vorhängeschloss gesichert war und von der es hieß, dass hinter ihr Kinder eingesperrt wurden, die sich den Nonnen widersetzten. Alice wusste nicht, ob das stimmte oder nur ein Gerücht war.

Sie kannte den Keller, sie war schon mal zum Wäschewaschen eingeteilt worden. Es gefiel ihr nicht hier. Es war dunkel und kalt, ein Ort für böse Geister. Aus der einen Richtung stank es nach schmutziger, verschwitzter Kleidung, ein bisschen auch nach Urin – jede Nacht pinkelten Kinder ins Bett, trotz der Bestrafungen – und nach einem scharfen Waschmittel. Aus der anderen Richtung kam der Geruch von Rauch.

Das Heizen war Aufgabe der Jungen. Sie schleppten manchmal Äste aus dem nahegelegenen Wald heran. Die größeren Stämme wurden von Pferden gezogen. Oder es kam ein großer Lastwagen, und die Kinder mussten das Holz abladen. Alice hatte das ein paarmal beobachtet und dabei Ausschau nach ihrem Bruder gehalten – vergeblich.

Die Türklinke war aus kaltem Metall, und dennoch wurde ihre Hand plötzlich warm, als Alice sie berührte. Ein fiebriger Strom schoss durch ihren ganzen Körper.

Sie öffnete die Tür nur einen Spalt, schlüpfte schnell hinein und zog sie hinter sich zu.

Es war finster, und Alice hörte das Holz in den Öfen knacken. Der Geruch nach Verbranntem, nach Harz und Rauch wurde stärker, umhüllte sie wie Nebel.

Sie holte tief Luft. »Bist du da?«, flüsterte sie.

Es blieb still.

Sie tastete an der Wand nach dem Lichtschalter. Aber als sie ihn fand, wagte sie nicht, die Lampe anzuknipsen.

Alice spürte, dass ihr Herz so schnell schlug, dass ihr davon übel wurde.

»Wo bist du?«, fragte sie etwas lauter.
Niemand antwortete.
Vielleicht war ihr Bruder schon wieder gegangen. Oder er hatte den Zettel nicht entziffern können.
Aber dann hörte sie jemanden atmen.
Erst leise … Doch plötzlich wurde es ein ziemlich lautes Atmen, es konnte auch ein Schluchzen sein.
»Terry?«
Eine Gestalt löste sich aus dem Dunkel.
»Ich hab so lang auf dich gewartet«, stieß er hervor, als würde ihm das Sprechen Schmerzen bereiten.
Terrys Hand griff nach ihrer Hand. Und Alice hielt sie fest. Sie hielt sie so fest, als wollte sie ihren Bruder nie wieder loslassen.
»Ich weiß … ich bin zu spät. Und ich wusste nicht, ob du … wirklich kommst. Ich hatte Angst, dass du schon wieder weg sein könntest.« Sie kicherte nervös.
»Zwei Jahre«, sagte er heiser. »Zwei ganze Jahre. Und ich habe gehofft, du kommst nicht.«
Alice schwieg verwirrt.
»Diese Schule ist kein Ort für meine Schwester Littlebird. Sie werden dich hier zerquetschen wie ein Insekt!«
Alice erschrak. Sie wollte ihm widersprechen. Sie war nicht mehr so schwach und klein, wie er sie gekannt hatte.
»Wir … wir haben auch auf *dich* gewartet«, stammelte sie stattdessen. »Zwei Sommer lang.«
»Ich weiß … Ich konnte nicht … Im ersten Jahr wurde ich krank. Tuberkulose. Das ist eine schlimme Hustenkrank-

heit. Man bekommt keine … Ich wäre fast gestorben«, erklärte er hastig. Er atmete tief ein und aus, als müsste er immer noch nach Luft ringen. »Hast du den Friedhof gesehen? Die Kreuze? Da liegen so viele, die es nicht geschafft haben.«
Alice spürte etwas Bitteres in ihrer Kehle und schluckte ein paarmal.
»Du lebst«, brachte sie schließlich hervor.
»Danach … Nach der Epidemie, als ich wieder gesund wurde, habe ich versucht abzuhauen. Sie haben mich erwischt. Ich wurde … bestraft. Hart bestraft. Und sie haben mich auch im zweiten Sommer nicht nach Hause gelassen.«
Alice kaute auf ihrer Unterlippe herum. Sie wollte lieber nicht fragen, was sie ihm angetan hatten. Sie wollte es wissen, aber sie wollte nicht danach fragen.
»Jetzt sind wir zu zweit. Der Große Geist wird uns beistehen«, murmelte sie. »Und du hast recht«, fügte sie noch hinzu. »Wir gehören nicht hierher!«
Ihr Bruder trat ein Stück vor, endlich hatten sich ihre Augen an das Dunkel gewöhnt, und sie konnte ihn sehen: Sie sah sein Gesicht, das einen harten Zug bekommen hatte, seine Augen, in denen das Leuchten erloschen war.
Er kam dicht zu ihr und zog sie beinahe heftig an sich. Unter ihren Fingern spürte sie seine Rippen. Er war nicht nur größer, sondern auch hagerer geworden und fühlte sich ungewohnt an, beinahe fremd.
Doch dann nahm Alice seinen Geruch wahr – es war der alte Geruch, derselbe, den sie eingeatmet hatte, wenn sie sich im Gras gebalgt hatten wie kleine Hunde.

Sie fing an zu zittern, ihr war gleichzeitig warm und kalt. So oft hatte sie sich ihr Wiedersehen vorgestellt und im Geist mit Terry gesprochen. Es fühlte sich merkwürdig an, dass er nun wirklich bei ihr war. Vielleicht träumte sie ja?
»Hör zu: Wir haben nicht viel Zeit«, wisperte er in ihr Ohr. »Wir werden fliehen, noch diese Nacht. Ich habe alles vorbereitet. Diesmal wird es gelingen.«
»Noch diese Nacht?« Alice fiel plötzlich ein, dass sie wieder hinaufmusste, in die Küche. Die zehn Minuten waren längst um.
»Es ist alles vorbereitet«, wiederholte Terry. »Wenn alle schlafen ... Komm auf den Friedhof. Es gibt dort ... eine Grube. Sie ist tief genug, ein gutes Versteck. Dort warte ich auf dich.«
»Du meinst ... du bist ... in einem *Grab*?«
Terry nickte. »Keine Sorge. Wir mussten das Loch gerade erst ausheben. Es wird noch nicht ... benutzt.«
»Verstehe.« Ganz wohl war ihr dennoch nicht.
»Dort wird mich niemand suchen. Nur du weißt davon. Sag es keinem!«
»Natürlich nicht!« Wem sollte sie es auch erzählen? Sie hatte hier keine Freunde – jedenfalls seit Shirley verschwunden war.

»Na, kleines Vögelchen, hast du dich verflogen?«, fragte die Köchin mit einem Blick auf die Uhr an der Wand.
Alice murmelte eine Entschuldigung.
»Und wo sind die Zwiebeln, die du mitbringen solltest?«

»Oh, das tut mir leid, wirklich. Soll ich noch mal …«

Die Köchin seufzte. »Nein, du bleibst besser hier. Die Kartoffeln warten. Jedenfalls die fünf, die ich dir noch übriggelassen habe.«

Alice sah erst jetzt, dass die geschälten Knollen schon in einem riesigen Topf mit kochendem Wasser herumsprangen. Auf einmal kamen ihr die Tränen – wie ein Fluss, der über die Ufer trat; sie konnte sie einfach nicht länger aufhalten: Alice weinte über den Abschied von ihrer Familie, über ihr abgeschnittenes Haar, darüber, dass sie nicht Cree sprechen durfte. Sie weinte über die unerwarteten Schläge mit dem Lineal, über das Verschwinden von Shirley. Sie weinte, weil sie ihren Bruder so lange nicht gesehen hatte, und auch, weil sie ihn endlich getroffen hatte, gerade eben, vor ein paar Minuten.

»Na, na, na«, sagte die Köchin, in deren molligen, nach Zwiebeln riechenden Armen sie plötzlich versank. »Nicht doch, kleines Vögelchen. Du musst die fünf Dinger ja auch nicht schälen, wenn du nicht willst.«

Danach, nach dem Weinen, fühlte Alice sich leicht, erleichtert, fast schwebend.

Littlebird konnte fliegen, wenn sie wollte.

Littlebird konnte davonfliegen.

9

Alice lag hellwach in ihrem Bett im Schlafsaal. Ihr Herzschlag kam ihr so laut vor, dass sie dachte, die Rabenfrau müsste ihn hören, als sie ihre übliche Runde ging. Doch die Nonne schlurfte nur gelangweilt an den Betten vorbei und ermahnte eines der jüngsten Mädchen, das unablässig vor sich hin weinte.

»Schschsch. Sei endlich still!«

Die Kleine, die höchstens fünf Jahre alt war, versuchte, mit dem Wimmern aufzuhören. Alice hörte, wie sie japste und dann mühsam die Luft anhielt. Alice hätte das Mädchen gern getröstet. Aber sie durfte sich nicht verraten, sondern musste so tun, als würde sie schlafen – und auf ihre Chance warten.

Endlich verließ die Rabenfrau den Raum, und Alice atmete auf. Sie tastete unter ihrem Kissen nach den beiden Äpfeln und den Brotscheiben, die Elisabeth ihr mitgegeben hatte. Eine Tasche besaß sie nicht, sie würde einfach den Bezug ihres Kissens als Beutel benutzen.

Gerade als sie sich erheben wollte, hörte sie Schritte.

Die Rabenfrau kam zurück! Im Halbdunkel erkannte Alice, dass sie etwas mit sich trug. Was war das? Stützte sie da tatsächlich einen Kopf? War das ein Baby? Wenn, dann eines, das keinen Ton von sich gab. Alice unterdrückte ihre Neugier nur mit Mühe. Sie blieb bewegungslos liegen, blinzelte und erkannte dann, was die Nonne mitgebracht hatte:

eine Puppe. Eine überdimensional große Puppe. Sie war glatzköpfig und hässlich, aber immerhin etwas, das man umarmen konnte.
Beinahe behutsam legte die Frau die Puppe neben das weinende Kind, murmelte etwas und deckte es zu.
Das Kind verstummte. Vielleicht auch nur vor Schreck. Die Monsterpuppe hatte riesige, weit aufgerissene Augen. Der kahle Kopf schimmerte unheimlich im Licht des Mondes, das durchs Fenster schien.
Alice konnte sich nicht vorstellen, dass die Kleine jetzt beruhigt einschlief. Aber zumindest war sie ein bisschen von ihrem Kummer abgelenkt.
Besonders die Jüngsten hier konnten nicht begreifen, warum die Mutter oder der Vater sie nicht abholen kamen.
Alice wartete, lauschte auf die Schritte, die sich zum zweiten Mal entfernten. Dann zählte sie stumm auf Englisch, bis 47. *Forty-seven.* Eine seltsame Leere entstand in ihrem Kopf. Einen Moment wusste sie nicht, wieso sie hier lag und wozu sie an Zahlen dachte.
Der Geruch von Brot und Äpfeln stieg ihr in die Nase. Alice lauschte auf die Stille. Alle schienen zu schlafen.
Sie blickte zum Fenster hinauf und sah ihren Bruder wie einen Geist auftauchen und ihr zuwinken. Er flog mit den Flügeln des Adlers und flüsterte auf Cree, dass er auf sie wartete.
Wie in Zeitlupe stieg Alice aus dem Bett. Sie zog den Pullover hervor, den sie unter der Matratze versteckt hatte, und streifte ihn über den Kopf, ohne das Nachthemd aus-

zuziehen. Dann riss sie hektisch den Bezug vom Kissen und stopfte das bisschen Proviant hinein.
Vorsichtig ließ sie ihre Blicke über die Betten wandern. Nur das kleine Mädchen bewegte sich unruhig hin und her. Die dicke Puppe hing mit dem Kopf über den Rand der Matratze und würde bestimmt bald auf den Boden knallen. Alice schlich schnell zu dem Kind hin und schob die Puppe zurück. Als das Kind sich umdrehte, legte sie den Finger auf den Mund.
Dann kam ihr eine Idee. Sie deutete auf die Puppe, kramte einen der Äpfel aus dem Kissenbezug und hielt ihn dem Mädchen hin.
Die Kleine schaute sie verständnislos an. Doch auf einmal streckte sie ihre Hand nach dem Apfel aus.
Alice nahm die Puppe vorsichtig an sich und hoffte, dass das Kind nicht protestieren würde. Die Kleine hielt den Apfel in beiden Händen und schnupperte an ihm. Dann knabberte sie an der Schale herum wie eine Maus.
Alice lächelte und strich ihr über den Kopf. Das kurz geschnittene Haar fühlte sich seidig und warm an.
Auf Zehenspitzen schlich sie zu ihrem Bett zurück und legte die Monsterpuppe unter ihre Decke. Auf den ersten Blick sah es tatsächlich so aus, als würde ein Mensch dort liegen.

Es war finster auf dem Friedhof. Nur der Mond warf sein blasses Licht auf die Gräber. Die weißen Kreuze leuchteten matt.
Wie einen Schutzschild presste Alice den Beutel an sich,

in dem sich nur noch ein Apfel und etwas Brot befanden, und hielt Ausschau nach ihrem Bruder. Sie lauschte angestrengt und versuchte nicht an die toten Kinder zu denken, die hier begraben lagen. Wieso musste sich Terry gerade diesen Ort aussuchen?

Es kam ihr vor, als hörte sie ein Flüstern aus einem der Gräber.

Ein Schauer lief ihr über den Rücken.

Noch konnte sie zurückgehen ... Die Kleine würde sie bestimmt nicht verraten. Und sonst hatte hoffentlich niemand etwas mitbekommen.

Wieder nahm sie ein Wispern wahr. Täuschte sie sich oder ... hörte sie wirklich ihren Namen? Sie musste an Susan denken, die im *Black Lake* ertrunken war.

Vielleicht wollten die Geister sie warnen?

»Alice ... Littlebird ... Ich bin hier!«

»Terry!«

Sie stolperte vorwärts und spürte eine Berührung an ihrem Knöchel – wie von einer Geisterhand.

Plötzlich klaffte die Erde vor ihr auf, und das Gesicht ihres Bruders erschien.

»Komm, schnell!«, flüsterte er und hielt ihr seinen Arm hin Sie seufzte erleichtert, als sie sich an ihm festhielt. Halb sprang sie, halb ließ sie sich fallen. Terry fing sie auf, umarmte sie nervös und zog sie in die Hocke. Dann zerrte er an einem Brett, das halb über der Grube lag – so lange, bis nur noch ein schmaler Streifen Himmel mit ein paar Sternen zu erkennen war.

»Hat dich jemand gesehen?«
Zögernd schüttelte sie den Kopf, dann überlegte sie. Ihr fiel das Mädchen ein, aber die Kleine hatte wahrscheinlich gar nicht verstanden, dass Alice abgehauen war. Sie konnte es ja selbst noch kaum glauben.
»Niemand«, flüsterte sie. »Alles okay.«
»Bist du sicher?«
»Ja. Ich denke schon.« Auf einmal sah sie die Kleine vor sich, die weinend nach der Puppe suchte und in ihrer Verzweiflung alle anderen weckte. Alice holte tief Luft.
Terry schien zu spüren, was mit ihr los war. »Wir müssen ruhig bleiben. Keiner weiß, dass wir hier sind«, murmelte er.
Alice wurde plötzlich ein bisschen übel, und sie schob ihren Arm unter den Arm ihres Bruders.
»Alles in Ordnung?«, fragte er besorgt. »Du zitterst ja.«
Das war ihr gar nicht aufgefallen. Sie versuchte damit aufzuhören.
»Mir geht's gut. Was machen wir denn nun?« Ihre Frage kam ihr komisch vor.
Da hockten sie beide, Bruder und Schwester, in einem offenen Grab auf dem Friedhof, mitten in der Nacht, in der lehmigen Erde.
»Auferstehen, was sonst.«
Wie konnte er *jetzt* Witze machen?
»Wir warten auf die Wolken«, fügte er dann ernst hinzu. »Sobald sie den Mond verdecken, machen wir uns auf den Weg.« Seine Stimme klang ruhig, als würde er nur einen

kleinen Spaziergang planen. Doch Alice nahm die Unruhe wahr, die hinter diesen Worten steckte.
Gemeinsam kauerten sie in dem Erdloch und starrten durch den Spalt zum Himmel hinauf. Sie redeten nicht. Sie atmeten und lauschten auf die Geräusche der Nacht. Aus der Ferne ertönten die Rufe eines Uhus.
Ein Stern blinzelte ihnen zu, und allmählich, ganz sacht, schob sich eine Wolkendecke über die Sterne und den Mond.
Terry kippte das Brett beiseite wie eine Tür. Aus einer Ecke der Grube zog er einen Rucksack hervor. »Bereit?«
Alice nickte.
Terry griff nach ihrer Hand und drückte sie. Und dann liefen sie los.

10

Wie Rehe, die gejagt werden, preschten sie auf den Zaun zu.
Terry hielt seine Schwester fest an der Hand.
Die Drahtschere, die er schon ein paar Wochen besaß, presste er an seine Brust. Der Diebstahl aus dem Schuppen war niemandem aufgefallen. Das alte, rostige Werkzeug würde kein Mensch vermissen.

Ein halbes Jahr hatte er die Flucht vorbereitet, Stück für Stück die Umgebung erkundet, auf dem täglichen Weg von der *Black Lake Residential School* zur Farm, auf der er jeden Tag ein paar Stunden arbeitete. Er hatte versucht, sich jeden Stein, jeden Baum, jeden Busch einzuprägen, dabei Pläne geschmiedet und verworfen und neue Pläne geschmiedet, eine Karte von der Gegend angefertigt, einen Rucksack gepackt, wieder ausgeräumt und neu gepackt. Und Terry hatte Ausschau gehalten nach einem Fluchtfahrzeug.

Bei seiner ersten Flucht war er einfach losgerannt, darauf vertrauend, dass sie seine Spur nicht fanden und ihn nicht verfolgen würden. Aber es war anders gekommen. Er wollte nicht mehr daran denken. Nicht daran denken, wie sie ihn zu Boden geworfen hatten und ihn später vor allen anderen … *vor allen anderen* … Hatte er geschrien? Er wollte nichts mehr davon wissen. Doch die Bilder von den Schlägen kamen immer wieder – Nacht für Nacht; es waren stets die gleichen Erinnerungsblitze in seinem Kopf. Sie hinderten ihn oft am Einschlafen und tauchten manchmal in seinen Träumen auf. Er schob sie beiseite wie altes, schmutziges Zeug, das man wegwirft.

Diesmal *durfte* nichts schiefgehen. Er musste seine Schwester retten.

Er schnitt den Draht auf. In Windeseile. Er konnte das. Er hatte geübt. Terry Jumping Elk war kein kleiner Junge mehr. Er ließ das Werkzeug fallen, zog und zerrte an dem Metall, bog den Maschendraht auf, öffnete den Zaun wie

ein Zelt und half seiner Schwester. Er spürte kurz ihre Wärme, ihre fiebrig verschwitzte Hand.
Dann folgte er Alice, hektisch, nervös, die Nerven aufs Äußerste angespannt – als ihn plötzlich etwas zurückriss.
Terry unterdrückte einen Aufschrei. Nur der Rucksack …
Er war nur hängengeblieben. Nichts passiert. Alles gut. Sein Fehler.
Alice half ihm, sich zu befreien, fummelte mit ihren schmalen Händen den Stoff vom Draht. Sie war schnell und geschickt, seine Schwester, sie wusste, was auf dem Spiel stand.
Der See war so schwarz wie der Himmel. Sein leises Plätschern begleitete sie, schien sie zu führen.
»Immer am Ufer lang!«
Alice japste. Dann stoppte sie plötzlich und schüttelte die Schuhe von ihren Füßen.
Terry hob sie auf. »Die brauchen wir noch. Weiter! Wir sind gleich da!«
»Ich will sie nicht mehr«, keuchte Alice. »Du kannst … kannst sie wegwerfen.«
»Lauf einfach«, murmelte Terry. Er hatte keine Lust auf Erklärungen. Dazu war nicht der richtige Zeitpunkt.
Sie brauchten Spuren, mussten eine falsche Fährte legen. Die Schuhe konnten ihnen dabei nützlich sein.
Er hoffte, dass Alice mit ihren nackten Füßen nicht auf spitze Muschelschalen oder gar auf eine Schlange trat.
Als seine Schwester langsamer wurde, schubste er sie an und stieß sie leicht vorwärts.

Sie murmelte etwas, das Terry nicht verstand, das aber nach Protest klang. Er hielt den Blick auf die Erde gerichtet und sah, dass sie bei jedem Schritt ein wenig im Matsch einsank.
»Sind wir bald da?«, fragte Alice zaghaft. Terry hörte aus ihrer Stimme heraus, dass sie keine Ahnung hatte, wohin er eigentlich wollte. Aber sie fragte nicht nach dem Ziel. Sie verließ sich ganz auf ihren Bruder.
»Ja. Es ist nicht mehr weit.«
Doch plötzlich war er sich nicht mehr so sicher. Hätten sie nicht schon längst ... Wo war das *Kanu* geblieben? Es lag unter dem Busch mit den roten Beeren! Er hatte sich die Stelle gemerkt. Aber in der Dunkelheit sah alles anders aus. Wenn sie nun schon daran vorbeigelaufen waren? Vielleicht waren die Beeren längst abgefallen, oder die Vögel hatten sie gefressen.
Zurück würde er auf keinen Fall gehen. Keinen einzigen Schritt.
Und wenn er das Kanu nicht fand?
Panik stieg in ihm hoch.
Im Ufersand hinterließen sie deutlich sichtbare Spuren. Sogar die kurzsichtigste Nonne würde sie erkennen.
»Schau dir das an«, sagte Alice auf einmal mit heller, leichter Kinderstimme. »Könnten wir nicht damit ... mit diesem Boot da ... ein Stück den See lang ... Nur ein *kleines* Stück?«

11

Als sie vom Ufer ablegten, klang das Plätschern des Wassers in Terrys Ohren viel zu laut – so als würde jemand in die Hände klatschen. Er war sich auch nicht sicher, ob das Kanu etwas taugte. Es sah alles andere als neu aus. Auf dem Boden des Bootes schwappte modriges, übel riechendes Wasser umher, das ihnen bis zu den Knöcheln reichte. Kam das vom Regen, oder hatte das Boot etwa ein Leck? Doch wenn das hier ihre einzige Chance war, mussten sie sie wahrnehmen. Ihnen blieb keine Zeit zu überlegen.

Sie schienen Glück zu haben. Das Boot sank nicht. Es ließ sich nicht besonders gut lenken, es gehorchte Terry nur widerwillig, als wüsste es, dass er es gestohlen hatte. Aber es ging nicht unter. Es bewegte sich vorwärts. Gemächlicher, als er gehofft hatte. Er musste mehr Kraft aufwenden, und auch Alice strengte sich an; er hörte sie Luft holen, während sie das Paddel ins Wasser grub, hörte sie tief atmen und japsen, als würde sie rennen. Doch schon nach wenigen Metern paddelten sie gemeinsam im Rhythmus, beide waren sie ein wenig zu schnell, als würde sich ihr nervöser Herzschlag auf ihre Hände und Arme übertragen. Terry hatte seiner Schwester mit knappen Worten erklärt, wohin er wollte. Sie arbeiteten sich im gleichmäßigen Takt vorwärts, seltsam einig, als hätten sie vorher geübt und als hätte es keine zweijährige Trennung gegeben.

Ein kräftiger Wind blies und fuhr in ihre kurzen Haare. Auf dem eben noch spiegelglatten Wasser rollten kleine harte Wellen. Das Boot schaukelte und hüpfte, aber nicht leicht, sondern schwerfällig wie eine altersschwache Kröte. Terry erschrak, als die Gischt einmal im hohen Bogen über seine Schwester schwappte. Doch Alice blieb still, kein Laut kam aus ihrer Kehle. Sie wandte sich nur kurz zu ihm um, hustete und spuckte und lächelte ihm gleichzeitig zu, klitschnass, wie sie war, als wäre dies eins ihrer Spiele. Dann begann sie mit einem alten algengrünen Eimer Wasser aus dem Boot zu schöpfen.

Das Vertrauen, das sie in ihn setzte, schmerzte Terry fast. Es konnte alles noch entsetzlich schiefgehen. Was, wenn das Kanu vollief und kenterte? Sicher, sie konnten beide ganz gut schwimmen. Es würde vielleicht reichen, um ans Ufer zurückzukehren.

Doch wie sollten sie von dort verschwinden? Um schnell unterzutauchen, mussten sie auf die andere Seite gelangen, auf die Insel, die – soweit Terry das herausgefunden hatte – nicht bewohnt war. Das war ihre einzige Chance.

Dort könnten sie sich für eine Weile verstecken. Und dann … Und dann? Ihm würde schon etwas einfallen.

Schweigend paddelten sie durch die Nacht. Es blieb still. Nur der Wind pfiff, und das Wasser schlug gegen die Bordwand. Terry steuerte das Kanu über die nächste Welle und hielt Ausschau nach der Insel. Der See wirkte in der Nacht tatsächlich pechschwarz, und die dunklen Bäume und finsteren Büsche schienen mit ihm zu verschmelzen. Wo sollten sie anlegen? Auch im Näherkommen war keine Bucht zu erkennen. Stattdessen mussten sie Ästen ausweichen, die aus dem Wasser ragten. Es blieb ihnen nichts anderes übrig, als weiterzupaddeln und auf gut Glück eine geeignete Stelle zu finden.

Terry blickte zurück und sah in der Ferne winzige Lichter, die ihnen wie kleine Augen nachstarrten. War ihre Flucht bereits aufgeflogen? Wurde schon nach ihnen gesucht? Mit Unbehagen dachte er an die Abdrücke, die sie am Ufer hinterlassen hatten. Die Spuren verwischen konnte er nicht mehr. Er musste die Verfolger auf andere Art in die Irre führen.

Aber zunächst brauchten sie Land unter den Füßen und ein halbwegs sicheres Versteck.

Als sie bis auf wenige Meter an das Ufer herankamen, umrundeten sie die Insel noch ein Stück, und die Lichter verschwanden.

Sie hielten direkt auf ein Rascheln und Rauschen zu – der Wind schien durchs Schilf zu streifen. Unsichtbare Tiere sprangen erschrocken zur Seite. Sie hörten es drei-, viermal platschen. Vielleicht Frösche?

Terry streckte die Hand aus und fuhr mit den Fingern durch die Gräser. In den hohen Halmen ließ sich das Kanu sicher gut verstecken.

Als die Wolkendecke aufriss und die Sterne auf sie hinabschienen, sah Terry, dass er mit seiner Vermutung richtiglag. Schilf umgab sie von allen Seiten. Sie schoben sich mit den Paddeln weiter voran.

»Bleib noch sitzen«, wisperte Terry. Er selbst stieg aus und schob das Kanu an Land. Die Halme bogen sich und gaben fast widerstandslos den Weg frei. Vorsichtig setzte Terry Fuß vor Fuß. Er spürte modrigen Sand und Steine unter seinen Sohlen. Zerbrochene Schneckenhäuser und Muschelschalen pikten ihn, und er versuchte, ihnen auszuweichen. Das Schilf zerkratzte seine Arme, aber er achtete kaum darauf. Die Halme waren hoch genug, um seiner Schwester und ihm vorerst Schutz zu gewähren.
Gleich hinter der Uferböschung begann der Wald. Die Bäume wirkten auch im Sternenlicht finster und abweisend. Als Kies unter dem Kanu knirschte, stoppte er und half Alice beim Aussteigen. Gemeinsam hievten sie das Boot noch ein paar Schritte über die Böschung. Dann drehten sie es um, damit das Wasser ablaufen konnte. Mit der Leine, die am Bug befestigt war, banden sie das Kanu vorsichtshalber an einem Baumstamm fest.
Es wurde plötzlich heller, und sie hielten einen Moment inne und blickten zum Himmel hinauf. Der Mond schob sich gemächlich hinter einer dicken Wolke hervor und schien auf die Insel herab.
»Der Große Geist schickt uns Licht. Er ist auf unserer Seite«, sagte Terry beinahe feierlich.
Alice lächelte ihm zu, aber hinter dem Lächeln erkannte er ihre Angst. Er nahm seine Schwester in die Arme, sie zitterte. »Ist dir kalt?«, fragte er behutsam.
Alice schüttelte den Kopf.
»Es ist gut. Wir haben es geschafft«, sagte er. »Lass uns in

den Wald gehen und ein Nachtlager errichten. Morgen früh werden wir …« Er verstummte einen Moment und dachte nach. »Was wirst du zuerst tun?«
Alice seufzte. »Als Erstes …«, sagte sie stockend, »… werde ich meine Haare wachsen lassen, damit … damit ich nicht mehr so am Hals friere.« Sie lachte, als hätte sie gescherzt, aber das Schluchzen, das ihr in der Kehle saß, war nicht zu überhören.
Terry legte den Arm um ihre Schultern, sie gingen auf die dunkle Wand aus Bäumen zu und tauchten in den Wald hinein.

12

Es zwitscherte und pfiff um sie herum, als Terry erwachte. Er sah zu dem Baum hoch, unter dem er lag. Kleine schwarze Vögel tanzten auf den Ästen, hüpften von Zweig zu Zweig und flogen mit schnellem Flügelschlag bis zum Wipfel hinauf.
Alice schlief noch auf dem Lager aus Fichtenzweigen, das sie in der Nacht in aller Eile gebaut hatten. Er beobachtete sie eine Weile, sah ihr beim Atmen zu und betrachtete ihre nackten Füße, an denen getrockneter Schlamm klebte. Alles wirkte friedlich und still – als gäbe es keine Gefahr.

Terry wusste, dass der Eindruck täuschte. Sie hatten Spuren hinterlassen, und die waren eindeutig. Ihm blieb nicht viel Zeit. Sie waren noch zu dicht am Ufer, sie mussten tiefer in den Wald hinein. Sie mussten etwas trinken und essen. Und sie brauchten einen Platz, an dem seine Schwester eine Weile bleiben konnte.

Er wollte Alice wecken. Doch um ihre Mundwinkel zuckte es, fast sah es wie ein Lächeln aus – und er brachte es nicht fertig, sie aus dem Schlaf zu reißen. Ihr zu sagen, was er ihr zu sagen hatte.

Auf einmal knackte es im Unterholz, und Terry sprang auf die Füße. Er hörte noch ein Rascheln, dann war es wieder still.

Alice richtete sich ein Stück auf, die Augen noch geschlossen. »Was ist?«, fragte sie schlaftrunken.

»Nichts. Nur ein Tier«, murmelte Terry, »nur ein kleines Tier.«

»Mhm.« Sie schwankte ein bisschen und wollte sich wieder hinlegen.

»Wir müssen los«, sagte er schroff.

»Wohin?« Sie blinzelte ihn an.

»Weiter.«

»In meinem Beutel ist etwas zu essen.« Sie deutete auf den nassen Kopfkissenbezug.

»Später.« Terry sah drei Möwen, die unvermittelt über sie hinwegzogen. Die schneeweißen Vögel umkurvten elegant die dunklen Bäume und verschwanden wieder. Terry blickte ihnen nach. Befanden sie sich noch so dicht am Schilf?

»Komm schon. Komm hoch!«
Er reichte ihr seine Hand, aber Alice beachtete sie nicht oder nahm sie nicht wahr. Sie verzog nur kurz das Gesicht, als sie auf die Beine kam.
Als er ihrem Blick folgte, sah er, dass sie sich den Schmutz von den Zehen und Hacken streifte.
»Alles in Ordnung? Hast du dir was eingetreten?«
»Es ist nichts weiter. Ein kleiner Riss am Ballen ... nichts Schlimmes.«
Terry hob seinen Rucksack auf und kramte darin herum. »Hier«, sagte er. »Zieh die an.«
Alice stieß einen überraschten Laut aus. »Das sind ... das sind ja *meine*! Wo kommen die denn her?«
Er lachte auf. »Ich hab das Mädchen bestochen, das in der Kleiderkammer arbeitet. Sie hat Zugang zu den Schlüsseln der Schränke, und sie mag Süßigkeiten.« Er lachte wieder. »Schokolade heißt das Zauberwort«, fügte er albern hinzu, als sie ihn verständnislos ansah.
Alice hob die Augenbrauen. »Und woher hattest du die?«
Terry zuckte mit den Schultern. »Von der Farmersfrau. Sie hat mir hin und wieder eine Tafel geschenkt.« Flüchtig dachte er an den Tag, als er das jüngste Kind der Familie dabei beobachtete, wie es am Teich spielte und dann plötzlich hineinfiel. Wie der Elch, der in Panik aus dem Gebüsch brach und dem er seinen Namen zu verdanken hatte, war er in riesigen Sprüngen am Wasser gewesen und hatte den kleinen Jungen herausgezogen. Die Farmersfrau hatte geweint, als er ihr das nasse Kind in den Arm legte. Seit

diesem Tag behandelte sie ihn freundlicher und schenkte ihm manchmal Lebensmittel und Süßigkeiten.

Alice drehte und wendete die Mokassins in ihren Händen. Die Perlen glänzten im Morgenlicht. Sie berührte sie vorsichtig mit den Fingerkuppen, dann entfernte sie die letzten Schlammreste von ihren Füßen und zog die Schuhe langsam an.

»Ich dachte, ich sehe sie nie wieder.«

»Ich hab auch dein Kleid und das komische Buch.«

»Und was ist mit deinen Sachen?«

Er zuckte mit den Achseln. »Die sind weg. Schon lange.«

»Wir können dir neue machen.« Alice blickte sich suchend um, als würde sie nach Material Ausschau halten.

»Vielleicht. Irgendwann mal. Aber lass uns endlich von hier verschwinden!«

Alice schien seinen Vorschlag nicht zu hören. Gedankenverloren strich sie über ihre Mokassins. Es sah fast aus, als würde sie sie streicheln. Dann richtete sie ihren Blick auf Terry. Im Schatten des Baumes wirkten ihre Augen dunkel, fast schwarz. »Du hast die Kleidung und das Buch also gestohlen?«, fragte sie.

Er stieß ein Schnauben aus. »Wenn man Geklautes zurückklaut, ist es dann Diebstahl?«

Einen Moment stieg Wut in ihm hoch, doch er schwieg. Sie hatten keine Zeit für einen Streit.

»Nein«, sagte Alice leise. »Aber du hättest dich in Schwierigkeiten bringen können.«

Terry seufzte und warf sich den Rucksack über die Schulter.

»Wir stecken längst drin«, murmelte er. »Seit über zwei Jahren schon.«
Er lief ein paar Schritte und lauschte, bis er hörte, dass sie ihm auf ihren leisen Mokassinsohlen folgte. Er wurde etwas langsamer, bis sie ihn eingeholt hatte und neben ihm herhüpfte wie ein Vögelchen.
Nach einer Weile stießen sie auf einen schmalen Trampelpfad. Er war fast zugewachsen, zeigte aber auch, dass es hier Menschen gegeben haben musste. Oder immer noch gab? Terry hielt nach Fußspuren Ausschau. Er konnte nur Abdrücke von Tieren in der feuchten Erde erkennen. Die Fährten eines Rehs oder eines jungen Hirsches waren noch frisch.
Die Geschwister sprangen über Wurzeln und Äste und kletterten über Stämme, die ihnen den Weg versperrten. Vor nicht allzu langer Zeit musste hier ein Sturm gewütet haben. Ein Baum war sogar einfach in der Mitte durchgebrochen. Das gezackte Holz ragte in den Himmel wie der riesige Reißzahn eines Raubtiers.
Unauffällig beobachtete Terry seine Schwester. Sie hielt sich tapfer, überwand die Hindernisse beinahe ebenso schnell wie er – trotz der kleinen Verletzung am Fuß. Die Mokassins schienen ihr neue Kraft zu verleihen.
Einmal, als er ein Loch im Boden übersah, stolperte er, und Alice war sofort bei ihm und half ihm hoch. »Wolltest du Pilze sammeln?« Sie kicherte.
Er grinste verlegen, aber vor allem freute er sich. Es war, als würde er sie jetzt erst wiedererkennen: Alice Littlebird

seine Schwester. Sie war ein starkes Mädchen. Der Gedanke gab ihm etwas Zuversicht. Sie würde es schaffen ... selbst wenn er ... selbst wenn sein Plan ...

Plötzlich blitzte etwas auf im Dunkel des Waldes, und gleichzeitig stieg Terry der Geruch von Wasser in die Nase.

»Da!«, stieß Alice aufgeregt hervor. »Da drüben! Hörst du? Es plätschert!«

Sie liefen auf die Stelle zu und warfen sich bäuchlings ins Moos.

Mit beiden Händen schöpfte Terry das klare Wasser, schluckte gierig und spürte es kalt durch seine Kehle laufen. Erst als er trank, stellte er fest, wie durstig er gewesen war. Alice lag neben ihm, grinste ihm zu, dann tauchte sie ihren Mund in den Bach und schlürfte.

»Pass auf, dass du keinen Frosch verschluckst!«, rief Terry. Übermütig spritzte er Alice nass, und seine Schwester zögerte keine Sekunde und antwortete ihm auf die gleiche Weise. Sie lachten beide und lieferten sich eine Wasserschlacht, bis sie vor Nässe trieften.

Für einen Moment vergaß Terry, dass sie sich auf der Flucht und noch längst nicht in Sicherheit befanden.

»Wie ich dich vermisst habe!«, rief Alice plötzlich. »Versprich mir, dass *sie* uns nicht mehr trennen werden! Nie wieder!«

Terrys Lachen verschwand, und er öffnete den Mund, um etwas zu sagen – doch er schwieg.

Auch Alice sagte nichts. Sie wischte sich das Wasser aus dem Gesicht, setzte sich dicht neben ihren Bruder und sah ihn fragend an.

»Ich werde es versuchen«, brachte er schließlich hervor. »Aber …«
»Aber?« Die Stimme seiner Schwester klang plötzlich dünn, als würde ihr die Luft wegbleiben.
»Ich muss noch einmal zurück. Unsere Spuren sind deutlich zu erkennen. Sie werden uns schnell finden, wenn … ich sie nicht auf eine falsche Fährte locken kann.«
Alice starrte ihn an. Dann schüttelte sie langsam den Kopf. »Du lässt mich doch nicht etwa *allein*?«
»Nur kurz«, sagte er hastig. »In ein paar Stunden bin ich zurück.«
»Ich komme mit«, sagte Alice.
Terry schüttelte den Kopf. »Du kannst hier schon mal ein Lager errichten. Und außerdem … Ich will dich nicht unnötig in Gefahr bringen.«
Alice runzelte die Stirn. »Was hast du vor?«, fragte sie in einem rauen Tonfall, den er nicht an ihr kannte.
»Ich werde es wie einen Unfall aussehen lassen.«
»Wovon redest du?«
»Das Kanu … Es wird auf dem See treiben ... Auch Kleidung, die Schuhe … Es soll aussehen, als wären wir gekentert und ertrunken.« Er holte tief Luft. »Nur dann haben wir unsere Ruhe, verstehst du? Wenn sie denken, dass wir *tot* sind!«

Alle Fröhlichkeit war aus dem Gesicht seiner Schwester verschwunden. Zwar half sie ihm eine Art Tipi zu bauen – es gab genug dünne Baumstämme, die der Sturm umgeknickt hatte –, aber sie erledigte die Handgriffe lustlos und redete kaum mit ihm.

Terry wusste, dass sie sich Sorgen machte. Sie mussten nicht mehr darüber sprechen, also ließen sie es einfach.

Als Alice ohne eine Erklärung im Wald verschwand, spürte Terry eine leise Unruhe in sich wachsen. Wenn sie nun nicht zurückkam?

Doch schon nach wenigen Augenblicken tauchte sie wieder auf, mit einem Arm voll Fichten- und Tannenzweigen. Sie trug das Kleid, das die Mutter für sie genäht und bestickt hatte, und setzte trotz ihrer Last mit sicherem Sprung über den Bach. Sie begann die Zweige auf die Zeltstangen zu legen und mit Schlaufen aus Gräsern zu befestigen.

Er half ihr dabei, übernahm die Stellen, an die sie nicht heranreichte. Sorgfältig achtete er darauf, dass sie den Rauchabzug offen ließen.

»Nur ein kleines Feuer«, murmelte er leise, als sie im Innern des Tipis einen Steinkreis legten. »Der Rauch darf nicht zu sehen sein.«

Alice sagte auch dazu nichts. Sie nickte nicht einmal und hielt den Blick gesenkt. Terry brauchte eine Weile, bis das Feuer brannte, dann gab er ihr die Schachtel Streichhölzer, die einzige, die er besaß und die nur halb voll war. »Die Hölzer sind wasserfest, sie sind extra präpariert«, sagte er. »Ich habe an alles gedacht.« Er lächelte und blinzelte ihr zu und hoffte, dass sie nachfragte. Doch Alice schwieg.

»Achte darauf, dass das Feuer nicht erlischt. Du musst sparsam sein mit den Hölzern.«

Sie ließen sich im Schneidersitz nieder und aßen ein wenig von ihren Vorräten: zwei gekochte Hühnereier und etwas Trockenfleisch, Lebensmittel, die von der Farm stammten, auf der Terry gearbeitet hatte. Alice bot ihm von ihrem Brot und den einzigen Apfel an, aber er schüttelte den Kopf und lächelte gequält.

»Ich weiß schon, kleine Schwester, du willst es mir so schwer wie möglich machen zu gehen. Aber bedenke: Was ich vorhabe, ist zu unserem Schutz. Das darfst du mir nicht übelnehmen.«

Alice sah ihn jetzt immerhin an, aber es war kein freundlicher Blick. »Du denkst, ich bin ein kleines dummes Kind, aber das bin ich nicht mehr.« Sie erhob sich und verließ das Tipi.

Er holte tief Luft, dann folgte er ihr.

Sie stand am Bach. Terry ging zu ihr hin und wollte nach ihrer Hand greifen. Doch er ließ es bleiben.

»Du bist stark geworden. Glaubst du denn, ich sehe das nicht?«

»Ich weiß, dass ich dich nicht aufhalten kann. Aber … aber was ist, wenn …« Alice ließ sich fallen und warf wütend einen Stein ins Wasser. »Was ist, wenn es ein Fehler ist?«

Terry setzte sich zu ihr und legte seine Hand auf ihren Rücken. Er spürte ihre Wärme, die durch das Hirschleder ihres Kleides direkt zu ihm strömte. Sie sah schon fast wieder wie ein richtiges Cree-Mädchen aus.

»Ich komme zurück, versprochen.«

Eine Weile saßen sie noch zusammen am Bach, tranken

schweigend ein paar Schlucke Wasser und beobachteten die Fische, die sich von der Strömung treiben ließen.

13

Terry lag lang ausgestreckt im Kanu und beobachtete halb im Schilf versteckt den schwarzen See.
Es war ein kühler Tag, die Sonne zeigte sich nicht, und ein leichter Nebel zog über die Wasseroberfläche. Das gegenüberliegende Ufer lag im Dunst verborgen. Das war gut, denn so konnten ihn seine möglichen Verfolger nicht sehen. Aber gleichzeitig war es schlecht, denn Terry erkannte nicht, was da drüben geschah.
Er dachte an Alice, an ihren traurigen Gesichtsausdruck, als sie zum Abschied ihre Hand hob. Vielleicht hatte sie recht. Vielleicht war es ein Fehler. Noch konnte er umkehren. Doch dann fiel sein Blick auf ihr Nachthemd und ihre klobigen Schuhe, die im Bug des Bootes lagen. Er sah es genau vor sich: die Schulkleidung im Schlamm, ein Schuh, der im Ufersand steckte, das Kanu, das mit dem Kiel nach oben auf dem Wasser trieb. Sie würden noch eine Weile nach ihnen suchen, den See abfahren, vielleicht sogar nach ihnen tauchen – und nichts finden. Sie würden sagen: »Eine Schauergeschichte, schrecklich, jaja, selbst schuld. Wir ha-

ben sie doch gewarnt. Jetzt können wir nur noch für ihre verlorenen Seelen beten.«

Es konnte gut gehen. Es *musste* gut gehen.

Er und Alice würden eine Weile im Wald leben, ein neues Kanu bauen oder ein Floß – und schließlich vom anderen Ende der Insel aus weiterziehen.

Langsam kämpfte sich Terry aus dem Dickicht des Schilfs. Der Wind vom Vortag kam auf einmal zurück und brachte den See in Unruhe. Terry lauschte in das Rauschen hinein. Etwas knackte und platschte ganz in seiner Nähe. War er wirklich allein hier? Oder war Alice ihm doch gefolgt? Er glaubte an die Vernunft seiner Schwester, doch sie konnte auch ziemlich trotzig werden, und dann tat sie, was sie wollte.

Schließlich entdeckte er durch das Schilf hindurch ein Wildgänsepaar, das sich offenbar von ihm gestört fühlte und empört zu tröten begann.

»Ist ja gut«, murmelte er, »ich verschwinde doch schon.«

Kräftige Böen fuhren ihm ins Gesicht, und das Jaulen des Windes mischte sich mit dem Geschnatter der Gänse.

Das Boot schaukelte auf den Wellen, und Terry stellte fest, dass der Boden bereits wieder mit Wasser bedeckt war. Der Anblick beunruhigte ihn nicht weiter; das Boot sollte ja nachher ohnehin kentern. Und bis auf die andere Seite des Sees und die halbe Strecke zurück würde er es schon noch schaffen. An Land würde er die Schulkleidung und die Schuhe im Uferschlamm verteilen, bis zur Mitte des Sees paddeln, das Kanu zum Kippen bringen und zur Insel

schwimmen. Bisher hatte doch alles gut geklappt, oder? Er durfte nur nicht die Nerven verlieren.
Plötzlich flogen die beiden Gänse dicht über ihn hinweg. Blitzschnell duckte er sich, und eine Woge schwappte in das Kanu. Hastig nahm er den mit Algen bewachsenen Eimer und schöpfte Wasser. Doch der Eimer war so glatt, dass er ihm aus den Händen rutschte und in den See fiel.
Terry unterdrückte einen Fluch und griff wieder nach dem Paddel. Das Boot bewegte sich noch schwerer voran als am Tag zuvor. Der Wind nahm zu, ließ die Wellen höher schlagen und schob die Wolken zu einem finsteren Gebilde zusammen. Die schwarzen Schwaden über dem schwarzen See verhießen nichts Gutes. Sie sahen bedrohlich aus, aber Terry hatte keine Zeit für Angst. Er biss die Zähne zusammen und kämpfte sich vorwärts. Keinesfalls würde er aufgeben, und zum Umkehren war es ohnehin zu spät.
Als es in Strömen zu regnen begann, tauchte Terry das Paddel so tief in den See wie möglich und versuchte dem Kanu mit aller Kraft seinen Willen aufzuzwingen. Er hielt sich wie auf einem bockenden Pferd, ließ sich nicht abwerfen, strengte sich an, die Oberhand zu behalten. Doch der Regen nahm ihm die Sicht.
Kam er überhaupt vorwärts? Oder trieb ihn der Wind in die falsche Richtung?
Die Tropfen prasselten auf ihn ein, sie platschten in das Boot, und das Einzige, was Terry sehen konnte, war, dass das Wasser zwischen den Bordwänden weiter anstieg. Doch er gab nicht auf. Sah er vor sich nicht einen grünen

Streifen? Gerade als er versuchte, auf das Ufer zuzuhalten, hörte er Stimmen. Jemand rief, schrie irgendwas. Terry hörte die Stimme, eine Männerstimme. Er verstand kein Wort, aber den Ton kannte er nur allzu gut. Ein herrischer Befehlston, der sein Herz rasen ließ.

Dann nahm er eine Pfeife wahr, eine Trillerpfeife, so wie die Nonnen sie benutzten. Sie waren also da. Und sie sahen ihn vielleicht trotz des Unwetters mit ihren Ferngläsern.

Fehler. Ein Fehler. Wenn es nun ein Fehler ist?

Die Gischt schlug ihm ins Gesicht, als wollte sie ihm Ohrfeigen verpassen – einmal, zweimal, dreimal. Er keuchte und rang nach Luft. Als das Boot zu sinken begann, sprang er auf und hechtete mit einem Satz hinaus. Eine Welle rollte über ihn hinweg, er geriet unter Wasser, schlug um sich, kam wieder hoch, und nun erkannte er die Menschen am Ufer.

Ihm wurde übel bei ihrem Anblick. Er hustete, spuckte, dann fiel ihm ein, was er tun konnte. Er brüllte wie ein verwundetes Tier, rief einen Namen, *ihren* Namen: »Alice? Alice, wo bist du?« Er schwamm dort herum, über dem gesunkenen Boot, schrie sich in Panik die Seele aus dem Leib. *»Aaaliiice!«* Seine Arme klatschten auf den See, als wollte er ihn schlagen. »Schwester! *Littlebird!* Komm schon, zeig dich!« Er schrie auf Cree, und englische Flüche brachen voller Wut aus ihm hervor.

Ein Stück Stoff hatte sich um das Paddel gewickelt, das auf der Wasseroberfläche trieb. Er schwamm darauf zu und riss das Nachthemd an sich. »Nein! Oh nein! Alice, wo bist du? Das darf nicht wahr sein!« Terry japste, er schwamm vor dem Motorboot davon, das durch den Regen knatterte und unerbittlich auf ihn zuhielt. Aber sie waren schnell, schneller als er, er schlug nach ihnen, nach der Nonne, die ihn an den Haaren packte, nach dem Polizisten, der ihn aus dem Wasser zerren wollte. Ein Weißer. Ein großer, starker Kerl mit breitem kurzgeschorenem Schädel. Terry hatte ihn nie zuvor gesehen.

»Nein, lasst mich! Sie ist noch … im Wasser!«, schrie er sie auf Englisch an. »Meine Schwester! Sie ist noch … *irgendwo … da unten!* Ich muss sie suchen!«

Er war verzweifelt, das hörten sie doch, oder?

Sie mussten ihm glauben!

Der Griff des Polizisten lockerte sich.

Vielleicht hatten sie ja Mitleid, vielleicht würden sie nach Alice suchen. Und vielleicht konnte er ihnen noch entkommen.

Terry riss sich los, trat mit beiden Beinen gegen das Boot und tauchte ein Stück.

Ein Schwarm silbrig leuchtender Fische schwamm vor ihm davon. Einen Moment sah er ihnen nach – als könnte er sich ihnen anschließen, ihren feuerroten Flossen folgen. Doch er war kein Fisch. Er musste atmen. Als er wieder hochkam, fuhren seine Verfolger mit lautem Motorgeknatter dicht an ihn heran. »He, boy!«, rief der Polizist. »Schau her, was ich für dich habe!«

Und dann nahm Terry eine Faust wahr, die auf ihn zuschoss. Hart, unerbittlich. Er sah keine Sterne, er sah das

Gänsepaar, das über ihn hinwegflog, mit kräftigem Flügelschlag – wohin immer es wollte, es war frei.
Kehrt zu ihr zurück, beschützt sie, beschützt meine Schwester, dachte er noch.
Als sie ihn an Bord zogen, schmeckte er Blut.

14

Alice hockte unter dem Fichtenzweigdach, das durch den stürmischen Wind halb eingestürzt war und das sie geduldig wieder repariert hatte, und legte kleine Zweige und Kienäpfel in das Feuer. Es knisterte leise und knackte, als wollte es zu ihr sprechen. Alice hörte aufmerksam zu. Es schien sie etwas zu fragen, es schien sie zu fragen, warum sie so allein hier war.
»Mein Bruder kommt bald zurück«, antwortete sie. »Er hat es versprochen.«
Regen war in das Tipi getropft, und sie musste sich wärmen, um nicht krank zu werden.
Ab und an sah sie zum Bach hinaus. Der Anblick war ihr schon beinahe vertraut, das stetige Fließen, die Vögel, die am Ufer herumhüpften und nach Nahrung pickten. Zwei Wildgänse glitten über die Oberfläche, sie wirkten merkwürdig schwerelos, als würden sie getragen.

Sie sah ihnen verwundert nach und seufzte leise. Als sie in der Nacht nicht schlafen konnte, hatte sie gehört, wie die Vögel mit lautem Radau auf dem Wasser landeten. Woher kamen sie? Waren sie irgendwo aufgeschreckt worden?
Alice holte ihr Buch aus dem Rucksack, den Terry zurückgelassen hatte. Es war feucht geworden, die Seiten wellten sich, und es wirkte größer, als es war, wie ein Vogel, der sich aufplusterte.
Nachdenklich strich sie über den Einband und legte das Buch dann in die Nähe des kleinen Feuers. »Wärm dich erst mal auf, Alice im Wunderland«, sagte sie.
Sie lachte leise und sah sich in ihrer winzigen Behausung um. Viel zu entdecken gab es nicht. Ein paar Ameisen, die geschäftig herumliefen, eine kleine Spinne, die springen konnte, ein grün metallisch glänzender Käfer, der aus einem der Rindenstückchen gekrochen kam, mit denen sie den Boden belegt hatte. Es schien ihr, als würde sich der Käfer verwirrt umsehen.
»Oh, entschuldige, ich habe dich verschleppt, nicht wahr?« Alice beugte sich über ihn. »Wo wohnst du denn? Soll ich dich zurück in den Wald bringen?« Sie wartete einen Moment, als könnte er tatsächlich antworten.
Der Käfer blieb still und schillerte vor sich hin. Nicht einmal die Fühler bewegten sich.
Alice vernahm Vogelgezwitscher, das sich mit dem Rauschen des Baches mischte.
»Na schön, du kannst erst mal hierbleiben. Sonst frisst dich noch eins der Vögelchen da draußen.«

Sie lauschte wieder. Wann kam Terry zurück?
Würde er nach ihr rufen oder sich anschleichen und sie überraschen?
Wie auch immer: Es konnte nicht mehr lange dauern. Sie sollte nicht hier hocken und warten. Davon bekam sie nur Bauchschmerzen.
Alice kroch aus ihrem Unterschlupf und blickte sich nach allen Seiten um.
Es war nichts Auffälliges zu entdecken. Die Sonne schien und trocknete die Erde. Von dem gestrigen Wolkenbruch waren nur ein paar kleine Pfützen zurückgeblieben. Vielleicht hatte Terry sich ein Versteck gesucht und das Unwetter abgewartet?
Alice nickte vor sich hin. Ja, so könnte es gewesen sein.
Sie sah ihn am Ufer des Sees schlafen, verdeckt vom Schilf, das Kanu lag wie ein Dach über ihm. Sicher würde er sich nicht unnötig in Gefahr begeben.
Sie beugte sich über den Bach und trank ein paar Handvoll Wasser. Die Wildgänse zogen wieder an ihr vorbei – langsam und mit neugierigem Blick.
»Na, ihr beiden? Fragt ihr euch, was ich hier zu suchen habe? Ich warte auf meinen Bruder«, sagte Alice. »Und was habt ihr hier verloren?«
Die Gänse zogen schnatternd auf die andere Seite des Gewässers, sprangen ans Ufer und putzten sich das Gefieder.
Alice sah auf die dunklen Fische, die in Schwärmen hin und her schwammen. Die meisten waren zu klein, als dass sie für einen Braten infrage kamen. Aber es gab auch größere.

Spontan versuchte sie, einen von ihnen zu fangen. Aber der Fisch flüchtete schon, als nur ihr Schatten auf ihn fiel. Wasser spritzte, und der Schwarm stob auseinander. Die Gänse reckten ihre Hälse und gaben empörte Laute von sich.
Alice zuckte mit den Schultern. Sie ging in ihr Tipi zurück und holte etwas von dem Brot aus dem Kopfkissenbezug. Es war schon ziemlich hart. Sie weichte es im Bach auf und aß es langsam. Es schmeckte nach nichts und verwandelte sich in ihrem Mund in einen pampigen Brei. Trotzdem verlangte ihr Magen nach mehr. Doch Alice ignorierte das Knurren in ihrem Bauch. Die Köchin kam ihr in den Sinn. Sicher hatte sie schon gehört, dass Alice geflohen war. Machte sie sich Sorgen? Oder war sie enttäuscht?
Vielleicht beides, dachte Alice.
Sie blickte zu den Bäumen und Büschen auf der anderen Seite des Baches hinüber. Hatte sie nicht dort gestern Beeren gesehen? Sollte sie losziehen und nach essbaren Früchten und Pflanzen suchen? Oder sollte sie auf Terry warten? Es konnte nicht mehr lange dauern … Ein paar Stunden, hatte er gesagt.
Sie sah die Beeren so deutlich vor sich, als würden sie direkt vor ihrer Nase wachsen. Sogar ihren süßlichen Geruch nahm sie plötzlich wahr.
»Macht euch keine Sorgen«, rief sie den Gänsen einen Augenblick später zu, als sie mit Terrys Rucksack auf dem Rücken an ihnen vorbeilief. »Ich beeile mich und bin gleich wieder da!«

15

Eine frische Brise wehte, bewegte Blätter, Büsche und Gräser. Alice riss die Arme in die Höhe und schlug mit ihnen, als wären sie Flügel. Sie rief eine Begrüßung in der Sprache der Cree zu den Bäumen hinauf, und ein Rauschen antwortete ihr. Sie hatte die Geräusche der Natur lange nicht mehr gehört. Vielleicht wusste ja der Wind, wo sie die Beeren finden konnte? Alice ließ sich von ihm treiben, zwängte sich durch dichtes Gestrüpp. Es hatte Dornen, die wie Zähne aussahen. Sie zerkratzten ihre Wangen und stachen sie an den Händen, während sie sich ihren Weg bahnte. Es sah aus wie ein Brombeerstrauch, aber keine einzige Beere hing an dem Busch.

Eine kräftige Bö schubste sie fast auf eine Lichtung, direkt auf einen Baum zu. Die Zweige wurden von den Windstößen hin und her geschüttelt. Doch er war voller Kirschen – Wildkirschen!

Alice blieb staunend stehen und sah zu, wie die Vögel gegen den Wind ankämpften, um an die Kirschen zu gelangen. Dann trat sie an den Stamm, strich über seine Rinde und dankte leise dem Großen Geist für die Früchte, während sie eine Handvoll pflückte. Sie schmeckten süß und saftig. Die Kerne behielt sie noch eine Weile im Mund, ehe sie sie ausspuckte.

Wie viele Kirschen brauchte sie, damit Terry und sie von ihnen satt werden konnten? Den ganzen Rucksack voll?

Sie arbeitete sich jetzt schnell voran und erntete die unteren Zweige ab. Als der Wind nachließ, umklammerte sie einen der Äste und schwang sich hinauf. Die Perlen ihrer Mokassins glänzten zwischen den Blättern. Sie zog sich höher und kletterte schließlich bis ganz nach oben. Im Wipfel hingen noch viel mehr!

Sie pflückte einige und ließ sie nach unten fallen. Manche landeten sogar im Rucksack. Die meisten fielen allerdings daneben. Zwei Krähen hüpften auf der Wiese herum und hackten nach ihnen.

»He!«, rief sie. »He, verschwindet!«

Aber die Krähen scherten sich nicht um sie.

Dann entdeckte Alice ein besonders dickes Bündel Kirschen. Ohne zu zögern, legte sie sich bäuchlings auf den Ast und schob sich langsam vorwärts.

»Nur noch die …«, murmelte sie leise vor sich hin. »Nur noch die paar.«

Sie griff nach den Früchten, als der Wind auf einmal mit aller Kraft zurückkam. Er zog und zerrte an den Ästen und Zweigen, und Alice schrie erschrocken auf.

Sie blickte hinab und entdeckte etwas Weißes, das im grünen Farn hockte – ein Tier mit weißem Fell.

»Ein Kaninchen?«, rief sie verblüfft.

Es blickte zu ihr hinauf – jedenfalls kam es Alice in diesem Moment so vor.

Vielleicht würde es ja gleich zu ihr sprechen – so wie in ihrem Buch, wenn sie die Bilder und die paar Worte, die sie lesen konnte, richtig gedeutet hatte.

Doch das Kaninchen gab keinen Ton von sich und hoppelte davon.
»Warte!«, rief Alice.
Sie wollte nun nichts als hinunter, um dem Kaninchen zu folgen. Da schüttelte sich der Baum auf einmal, die Böen waren wieder stärker geworden. Mit aller Kraft hielt sie sich fest, ihre Beine umklammerten den Ast. Aber der Wind ließ nicht nach. Es regnete Kirschen, und sogar die Krähen flüchteten.
Alice blickte durch die Blätter zum Himmel hinauf. Die Wolken zogen schnell über sie hinweg.
»Littlebird!«, hörte sie jemanden vorwurfsvoll rufen. »Was machst du da oben?«
Ihre Großmutter stand mitten auf der Lichtung, die Hände in den Hüften, mit gerunzelter Stirn. Ihre Stimme knarrte wie ein alter Baum. Jetzt sah Alice auch ihre Mutter, ihren Vater, ihre jüngeren Geschwister Kimi und Ahanu … Sie trugen die traditionelle Kleidung der Cree, als gäbe es etwas zu feiern. Alice wollte ihnen zuwinken, aber sie traute sich nicht, loszulassen. Nur Terry fehlte wieder einmal. Wo steckte er bloß?
Alice hielt Ausschau nach ihm, als müsste sie sich nur genug anstrengen, um ihn irgendwo zu entdecken. »Er kommt bestimmt gleich!«, rief sie laut, damit ihre Mutter sie durch den Sturm hören konnte.
Doch als sie hinabblickte, war ihre Familie verschwunden.
Es knirschte im Geäst, und dann hörte sie, wie der Ast

brach. Alice fiel, als wäre sie eine von den Kirschen. Der Wind schien sie noch ein Stück zu tragen.
Und dann, ganz plötzlich, war alles schwarz um sie her.

16

Terry hockte auf dem kalten, sandigen Boden und starrte zu dem Fenster hinauf. Es war klein, winzig, ein staubiger Streifen Licht schimmerte durch das schmutzige Glas. Selbst wenn er es schaffen sollte hochzuklettern, würde es ihm wohl kaum gelingen, sich hindurchzuzwängen. Er erinnerte sich dunkel, dass vor diesem Kellerfenster aufgestapeltes Holz lag.
Welcher Weg blieb ihm? Die Tür war abgeschlossen. Terry hatte keine Ahnung, wie lange sie ihn hier unten einsperren würden.
Seine Zunge fuhr über seine Lippe, die immer noch geschwollen war. Ein dumpfer Schmerz pochte unter der dünnen Haut. Auch die Nase war dick, aufgedunsen, als hätte sie jemand aufgepumpt. Der Polizist hatte mit aller Wucht zugeschlagen und ihn wie einen Schwerverbrecher behandelt. Terry schluckte, als er an die Faust dachte, die auf ihn zugeflogen war. Doch was ihn viel mehr schmerzte, war die Ungewissheit.

Konnte Alice auf der Insel allein klarkommen? Er sah sie am Ufer des Baches stehen und die Fische betrachten. Würde sie auf die Idee kommen, sich eine Angel zu bauen? Sicher, sie war erst neun, aber sie war schlau, ein kluges und geschicktes Mädchen. Es wird ihr gelingen, versuchte er sich zu beruhigen. Sie wird es schaffen.
Es?
Er dachte über dieses Wort nach, dann sprach er den Ton laut aus: *»Es.«* In diesem dunklen, miefigen Raum, in dem es roch, als wäre irgendein Tier verendet, fiel ihm das klare Denken schwer.
Es. Das Leben. Sie wird überleben.
Natürlich wird sie das!
Ein Schauer jagte ihm über den Rücken. Seine Schwester hatte ihm vertraut. Sie hatte darauf vertraut, dass alles gut ging. Dass er bei ihr blieb und sie beschützte …
Er rang nach Luft, fühlte ein Kratzen im Hals, hustete. Ihm wurde übel, und er fühlte, dass ihm der Schweiß ausbrach und er gleichzeitig zitterte.
Wurde er krank? Sie hatten ihn, nass wie er war, in dieses Loch geschleift. Sie hatten ihm weder ein Handtuch noch eine Decke und auch keine trockene Kleidung gegeben.
Und wenn schon. Wichtig war allein, dass es seiner Schwester gut ging, dass sie nicht mehr hier war, in diesem Schulkäfig der Weißen. Wie merkwürdig sie ausgesehen hatte mit den kurzen Haaren!
»Du schaffst es«, keuchte er. »Du wirst es schaffen, Alice! Hörst du mich? Du bist frei, Littlebird.«

Und wenn sie es nicht schaffte?
Er nahm Schritte wahr, die im Treppenhaus hallten. Es waren nicht die Nonnen, die ihm das Essen brachten, so viel erkannte er. Die Füße knallten schwer auf den Boden. Kamen sie ihn holen? Würden sie ihn wieder schlagen? Nicht noch einmal …
Er sprang auf und ballte die Fäuste. *Nicht noch einmal!*
Ein Schlüssel klirrte, und jemand machte sich am Schloss zu schaffen.

17

Eine helle Lampe schien Alice ins Gesicht.
War sie wieder in der Internatsschule? Hatte jemand das Licht eingeschaltet, um die Mädchen zu wecken?
Aber keine Nonne kam, um sie aus dem Bett zu scheuchen. Keine Trillerpfeife befahl ihr aufzustehen.
Alice blieb liegen, und ganz langsam hob sie ihre schweren Lider.
Es war der Mond. Grell und groß hing er über ihr, als würde er nur für sie scheinen.
»Guten Morgen oder guten Abend«, murmelte Alice mit schwerer Zunge. In ihrem Kopf pochte etwas, als würde ein kleiner dicker Specht unermüdlich darin hämmern.

Wo befand sie sich?
Sie fühlte das Moos, auf dem sie lag. Ihre Finger tasteten suchend umher, und dann griff sie in etwas Weiches, Glitschiges, stieß auf kleine matschige Kugeln.
»Kirschen«, murmelte sie. »Der Baum … Warum hast du mich abgeworfen?«
»Selbst schuld«, raschelten die Blätter. »Dummes Kind.«
Alice wollte widersprechen, aber die Kopfschmerzen hielten sie davon ab.
Sie kam ein Stück hoch, steckte sich eine Kirsche in den Mund und lutschte eine Weile auf dem Kern herum. Ihr war schwindlig. Dennoch schob sie sich auf die Knie und erhob sich schließlich schwankend.
Nacheinander bewegte sie die Arme und Hände, Beine und Füße. Es schien alles zu funktionieren. Glück gehabt. Das pelzige Moos hatte sie wohl aufgefangen.
Nur das rechte Knie und die linke Schulter schmerzten etwas, das Pochen in ihrem Schädel wurde für einen Moment stärker. Alice atmete langsam ein und aus und wartete, bis sich ihr Puls wieder beruhigte.
»Alles in Ordnung«, murmelte sie und blinzelte in das Mondlicht.
Als sie loslaufen wollte, merkte sie, dass ihre Waden sich wie Gummi anfühlten. Sie schüttelte ihre Beine aus und hüpfte ein paarmal auf und ab. Beim letzten Sprung rutschte sie auf dem glitschigen Boden aus und fiel auf den Hintern.
»Nicht lachen!«, sagte sie zu dem Kirschbaum.
Die Blätter schwiegen, als würden sie die Luft anhalten.

Wie lange hatte sie hier gelegen? Und in welche Richtung sollte sie jetzt gehen?

Suchend blickte sie sich um und entdeckte ein paar Schritte entfernt Terrys Rucksack. Sie ging zu ihm hin und nahm ihn hoch. Durch den Stoff sickerte eine Flüssigkeit. Sie fing ein paar Tropfen auf und roch daran. Saft. Kirschsaft. Sie leckte ihre Hand ab, sorgfältig, Finger für Finger.

Ratlos betrachtete sie den tropfenden Rucksack. Dann kippte sie ihn kurzerhand um und stopfte ihn mit etwas Moos aus. Mit beiden Händen schaufelte sie die Kirschen wieder hinein.

Alice seufzte. »Terry wird nicht begeistert sein, wenn er das klebrige Ding sieht.«

Ihr fiel ein, dass ihr Bruder noch nicht wieder aufgetaucht war.

Vielleicht wartete er aber auch schon in ihrem Nadelbaumtipi auf sie? Je länger sie darüber nachdachte, umso wahrscheinlicher kam ihr das vor. Er hockte unter dem gleichen Mond wie sie und machte sich Sorgen!

»Wo bist du? Ich habe dir doch gesagt, du sollst auf mich warten!«, hörte sie ihn im Takt des Spechts in ihrem Kopf sagen.

»Ist ja gut«, flüsterte sie. »Ist ja schon gut, Terry Jumping Elk. Ich komme ja gleich zurück.«

Sie hatte sich doch den Weg gemerkt? Der Mond leuchtete wie eine Laterne auf jede Spur, jeden Fußabdruck, jeden umgeknickten Grashalm. Was sollte also schiefgehen?

Schnell stopfte sie sich noch ein paar Kirschen in den Mund

und lief dann über die Lichtung. Von dem Baum, der sie abgeworfen hatte, nahm sie keinen Abschied. »Nicht meine Schuld«, hörte sie die Blätter beleidigt rauschen.

Fledermäuse flogen über Alice hinweg, eine von ihnen sauste so dicht an ihr vorbei, als wollte sie nachschauen, wer sich hierherverirrt hatte.

Sie dachte kurz an das weiße Kaninchen, das über die Wiese gehoppelt war. Dann fiel ihr ein, dass sie auch ihre Familie gesehen hatte. Ein Traum also. Ihre Hand wedelte vor ihrem Gesicht herum, als müsste sie Mücken verscheuchen.

Eigentlich waren Träume wichtige Botschaften, hatte ihr die Großmutter erklärt. Aber Alice fehlte die Zeit, sich damit aufzuhalten.

»Terry, wenn du am Bach bist, warte auf mich, ja?«, säuselte ihr mit Kirschsaft verschmierter Mund.

Im Wald war es viel dunkler. Der Mond schickte sein Licht nur in kleinen Funken durch die Blätter.

Alice spürte die Wurzeln unter ihren Füßen. Aber sie stolperte kein einziges Mal – mit ihren Mokassins lief sie sicher und leicht. Vielleicht bedeutete der Traum ja, dass ihre Familie bei ihr war?

»Was machst du denn da?«, hörte sie ihre Großmutter wieder rufen. Doch die Stimme klang weit weg – wie aus einer fernen Erinnerung.

»Ich bin auf dem Weg nach Hause«, murmelte Alice. »Ich möchte doch nur …«

Ein schwerer dunkler Schatten erhob sich plötzlich von

einem Ast über ihr, und Alice zuckte zusammen. Sie erkannte die Umrisse einer Eule, die lautlos davonflog.
»Hab ich dich gestört? Tut mir leid!«, rief sie ihr leise nach. Dann knackte es im Gehölz, Zweige brachen, als würde ein größeres Tier dort entlanglaufen.
Alice blieb abrupt stehen und lauschte. Vielleicht war ja die Eule gar nicht vor ihr geflohen? Kurz kam es ihr vor, als würde ein Augenpaar im Mondlicht aufblitzen.
Was auch immer das für ein Geschöpf war, vermutlich konnte es Alice wahrnehmen, wittern, vielleicht sogar sehen. Und es lief nicht vor ihr davon …
Auf einmal hörte sie ein lautes Rascheln, und es klang, als würde das unbekannte Wesen etwas mit sich schleifen. Eine Beute? War das ein Raubtier?

18

Die Tür öffnete sich knarrend.
Terry stand stocksteif da und wartete ab. Als er sah, wer eintrat, ließ er die Fäuste sinken. Der Schwarzkittel kam allein, und er war kein Gegner, den er nicht besiegen konnte.
»Es gibt Neuigkeiten, mein Sohn.« Der Pater seufzte kummervoll. »Setzen wir uns doch.« Er blickte sich suchend um, als würde er nach einem bequemen Sessel Ausschau halten.

Ächzend ließ er sich auf eine der beiden Holzkisten nieder, die hier als Stühle dienten, in dem dunklen Raum, den Terry seit dem Tag seiner Rückkehr bewohnte. Er klopfte auffordernd auf die zweite Kiste, und Terry löste sich mühsam aus seiner Erstarrung. Zögernd setzte er sich.
Was wollte der Mann ihm berichten? Hatten sie Alice etwa entdeckt?
Der Pater beugte sich dicht zu ihm, so dicht, dass Terry seinen sauren Atem riechen konnte. Der Mann stank nach Alkohol. Vielleicht trank er ja heimlich vom Messwein? Viele Möglichkeiten, ihm auszuweichen, hatte Terry in dem engen Raum nicht. Er hielt sich so gerade, wie er konnte, dabei überragte er die gekrümmte Gestalt, die vor ihm hockte.
»Was ist mit dir, mein Sohn? Du siehst blass aus.«
»Nichts«, antwortete Terry schroff. Von dem Schüttelfrost, der ihn hier unten zuweilen befiel, wollte er nicht reden. »Welche Neuigkeiten?«
Er gab sich Mühe, seinen Widerwillen nicht zu zeigen. Er war ihr Gefangener. Kein beliebiger Schüler der *Residential School*, sondern ein Wilder, den sie eingefangen, geschlagen und in ein dunkles Loch gesperrt hatten.
Sie ließen ihn nicht mehr auf der Farm arbeiten, natürlich nicht.
Aber vielleicht verzichteten sie ja diesmal darauf, ihn in aller Öffentlichkeit … *auszupeitschen*?
Sie hielten Alice für tot. Er sah es an ihren Gesichtern, an den ausweichenden Blicken. Die Nonnen redeten nicht mit ihm. Sie brachten ihm dreimal am Tag ein wenig zu essen

und zu trinken, überwachten ihn, während er kniete und auf Englisch unverständlichen Unsinn vor sich hin murmelte, und verschwanden wieder.

»Wir suchen noch nach ihr«, sagte der Mann leise, mit gebeugtem Kopf, als wäre Littlebird eine Ameise, die irgendwo auf der Erde krabbelte. »Wir suchen, hoffen und beten.«

Warum kam er her? Wieso tat er so, als würde ihm ihr Schicksal etwas bedeuten? Was wollte er? Zumindest schien der Pater ihn nicht für eine Strafaktion zu holen.

Terry wurde abgesondert von den anderen, eingesperrt und bewacht. Sollte das seine Strafe sein? Oder fürchteten sie einfach nur, dass er wieder davonlaufen würde?

Pater Robert räusperte sich. »Wir haben ihre Schuhe gefunden.«

Eine saure Atemwolke traf Terry, und der Schwarzkittel stöhnte, so schmerzvoll er konnte. »Das muss aber noch nichts heißen«, erklärte der Mann schnell. »Vielleicht hat sie ihre Schuhe einfach nur ausgezogen.«

»Und das Nachthemd?«, fragte Terry. »Es trieb auf dem Wasser!«

Der Pater schwieg eine Weile.

»Wer Wind sät, wird Sturm ernten«, sagte er schließlich. »Eure Saat ist nicht aufgegangen, mein Sohn.« Er legte seine Hand auf Terrys Stirn. »Du hast doch nicht etwa Fieber?«

»Soll das eine Drohung sein?« Terry sprang auf. Die Berührung ekelte ihn. Er wusste von den anderen, dass der Pater manchmal zudringlich wurde. Die Gerüchte, die über ihn

im Umlauf waren, verhießen nichts Gutes, selbst dann, wenn nur ein Teil von ihnen stimmen sollte.
»Keine Drohung, sondern eine Tatsache. Aber wir geben dir eine zweite Chance, deinen Fehler wiedergutzumachen.«
Der Mann erhob sich ebenfalls. Terry verschränkte die Arme und hielt, so gut es ging, Abstand. Zum Glück überragte er den Pater ein kleines Stück, und stärker war er sowieso. Er würde sich wehren, wenn es sein musste.
»Wie lange muss ich noch hier unten bleiben?«
»So lange, wie es nötig ist.«
»Ich könnte beim Suchen helfen.« Terry wusste, dass der Vorschlag auf taube Ohren stoßen würde, aber einen Versuch war es wert. »Ich bin gut im Fährtenlesen.«
»Fährten auf dem *Black Lake*?« Im Gesicht des Mannes zeigte sich ein seltsames Lächeln. »Außerdem stürmt es seit Tagen. Sie ist wahrscheinlich schon …« Er verstummte und schüttelte seufzend den Kopf. »Mein Sohn, sei froh, dass wir dich gerettet haben! Gott hat dich gerettet. Gott wollte, dass du zu uns zurückkommst. Wir werden dich hierbehalten und für dich und deine Schwester beten.«
Gerettet. Terry biss sich auf die Lippe, um nicht zu lachen.
»Und wieso bin ich eingesperrt?«
Die Miene des Paters veränderte sich, sein Blick wurde hart. »Immerhin hast du Straftaten verübt.« Der Ton seiner Worte klang auf einmal ungeduldig, fast aggressiv.
Terry zuckte zusammen und war auf der Hut. »Ich habe kein Verbrechen begangen«, murmelte er bloß.
»Du hast ein Kanu gestohlen.«

»Es war marode und nicht zu gebrauchen. Wahrscheinlich hat es jemand einfach dort zurückgelassen, weil er es nicht mehr brauchte«, verteidigte sich Terry nun doch. Er spürte die Wut in sich wachsen. Es fiel ihm schwer, sie zu bändigen. Sie tobte in ihm wie ein eingesperrtes Tier.
Doch er bezwang sie, indem er an den breiten Bach dachte, an sein ruhiges klares Wasser. Die Wildgänse fielen ihm ein. Ihr makelloser Anblick, ihr kräftiges Geschrei. Waren sie bei Alice? Beschützten sie seine Schwester? Er hatte sie darum gebeten, als er in höchster Not war.
»Du hast eine Schere auf der Farm gestohlen und den Zaun der Schule zerstört. Und …«
Der Pater sah ihn merkwürdig an. »Vor allem aber hast du deine Schwester in Gefahr gebracht, in Lebensgefahr! Wenn ihr etwas zugestoßen ist – und davon müssen wir wohl ausgehen –, ist das allein deine Schuld!«
Obwohl es kalt war in dem Keller, war das Gesicht des Paters rot angelaufen, als würde er schwitzen. »Was du getan hast, war ein Fehler, eine große Sünde. Siehst du es ein? Du solltest bereuen, Gott um Vergebung bitten und für die Seele deiner Schwester beten.«
Terry schwieg.
Als der Mann mit dem Schlüsselbund herumklimperte, um die Tür aufzuschließen, dachte Terry einen Moment daran, sich auf ihn zu stürzen.
Da drehte sich der Schwarzkittel noch einmal zu ihm um. »Deine Eltern werden wir erst informieren, wenn wir die Leiche gefunden haben«, sagte er.

19

Alice lauschte. Es war ganz eindeutig ein größeres Tier, aber weil sich der Mond hinter einer Wolke versteckte, konnte sie nichts erkennen.

Sie umklammerte Terrys Rucksack mit beiden Armen. Falls das Tier sie angriff, würde es erst mal in einen Stoffbeutel voller Kirschen beißen. Ein nervöses Lächeln huschte über ihr Gesicht.

Langsam und so leise wie möglich begann sie rückwärtszugehen.

Ihre Füße in den Mokassins tasteten die Erde ab. Wenn sie jetzt stolperte …

Aus dem Dunkel drangen das Knacken der Äste, ein Rascheln und ein leises Knurren. Alice spürte ihr Herz klopfen. Wäre Terry hier, hätte er längst eine Waffe gebaut. Er würde sie beschützen, sie notfalls verteidigen – für sie kämpfen. Gegen wen oder was auch immer.

Aber er war nicht hier. Sie musste allein entscheiden, was zu tun war.

Weglaufen jedenfalls nicht. Jedes Raubtier war schneller als sie.

Raubtier? Es konnte doch auch einfach ein Reh oder ein Dachs sein!

Und das Knurren? Oder hatte sie sich verhört?

Vielleicht bildete sie sich auch nur ein, dass dort ein Tier war – so wie das weiße Kaninchen, das sie ja sogar deutlich

gesehen hatte. Doch sie träumte nicht. Die Geräusche um sie herum waren echt.
Das Gras unter ihren Füßen dämpfte ihre Schritte. Sie musste nur aufpassen, dass sie nicht auf einen trockenen Ast trat.
Die Laute des Tieres wurden leiser, dann verstummten sie. Doch Alice wusste, dass sie sich nicht sicher sein konnte. Vielleicht hatte es sie ja doch entdeckt und lauerte auf sie? Auf einmal spürte sie einen Baum an ihrem Rücken, einen kräftigen Stamm. Sie drehte sich um und betrachtete ihn. Der Baum war groß und hatte viele Äste. Sie war gut im Klettern, aber das Tier vielleicht auch.
Alice stellte den Rucksack auf den Boden, legte den Arm um den unteren Ast und zog sich langsam, ganz langsam hoch. Ihr Atem ging dafür umso schneller, das hörte sie selbst. Aber sie zwang sich zur Ruhe. Stück für Stück kletterte sie höher. Sie verhielt sich viel vorsichtiger als auf dem Kirschbaum. Es gab hier nichts zu ernten, sie musste nur einen Unterschlupf finden. Die Nacht überstehen.
Immer wieder hielt sie inne und lauschte in den Wald hinein. Nichts. Das Tier war verschwunden. Oder es verhielt sich noch leiser und unauffälliger als sie.
In einer breiten Astgabel versuchte sie es sich einigermaßen bequem zu machen. Ein spitzer Zweig pikte sie in den Rücken, aber das war ihr nur recht. Sie durfte nicht einschlafen, nicht noch einmal vom Baum fallen! Schlafen konnte sie auch später noch, wenn sie in ihr Tipi zurückgekehrt war, in dem Terry sicher schon auf sie wartete. Sie würden

abwechselnd Wache halten und später ein Versteck suchen, in dem sie sicherer waren. Terry hatte bestimmt schon wieder eine Idee. Alice versuchte sich auf ihn zu freuen, aber eine dunkle Ahnung sagte ihr, dass etwas nicht stimmte. Wo war er? Er hätte doch längst nach ihr gesucht ... überall Ausschau gehalten ... sie gerufen ...

Mücken umsurrten Alice, aber sie unterließ es, hektisch mit den Armen herumzuwedeln. Sie wartete einfach ab, bis einer der Blutsauger auf ihrer Haut saß, hob langsam die Hand und schlug zu. Meistens traf sie nicht. Oder sie bemerkte die gierigen kleinen Monster zu spät. Die Mücken waren schneller als sie und stachen Alice auch an Stellen, an die sie nicht heranreichte.

»Ihr habt Hunger, was?«, flüsterte Alice. »Aber wie wäre es, wenn ihr euch mal ein anderes Opfer suchen würdet?«

Ihr Bauch knurrte laut. Sie dachte an die Kirschen, die sich im Rucksack unten auf der Erde befanden. Sie konnte sie sogar riechen.

Alice schluckte. Irgendwie machte sie alles falsch. Ihr Kopf begann wieder zu schmerzen. Vielleicht hatte er auch die ganze Zeit gepocht, und sie hatte es nur nicht wahrgenommen.

Sie dachte an ihre Eltern und an ihre kleinen Geschwister Kimi und Ahanu. Was taten sie gerade? Schliefen sie, oder waren sie wach vor Sorge?

»Schlaft ruhig«, murmelte sie leise. »Schlaft. Mir geht es gut.«

Als es endlich hell zu werden begann, kletterte Alice vom Baum – nicht ohne sich immer wieder nach allen Seiten umzusehen.
Die Vögel zwitscherten. Die Gräser schaukelten sacht im Wind, ein paar Blätter fielen von den Bäumen. Alles wirkte friedlich und still. Nichts deutete auf eine Gefahr hin.
Trotzdem schien ihr irgendetwas anders zu sein … Bloß was?
Sie blinzelte und kratzte sich den Nacken, einen besonders dicken Mückenstich.
Dann dämmerte ihr allmählich, was nicht stimmte: Der Rucksack! Er war weg!

20

Die toten Fischaugen starrten ihn an. Klein, gelb und ausdruckslos. Nur der Kopf und das Skelett waren übriggeblieben. Das Maul stand weit offen, und die kleinen spitzen Zähne waren deutlich zu erkennen.
Terry wandte den Blick ab. Er hatte Durst. Das Essen, das ihm die Nonnen gebracht hatten, war salzig gewesen. Ein trockener Fisch, der modrig schmeckte und viele Gräten hatte, drei kalte gekochte Kartoffeln dazu. Ein Becher Wasser, kaum mehr als ein paar Schlucke.

Als er aufstehen wollte, um einige Schritte im Kreis zu gehen, wurde ihm schwindlig. Er sah Alice, ihren fragenden Blick, als würde sie direkt vor ihm stehen. Fast erwartete er ihre Stimme zu hören.

Terry ließ sich auf die Kiste fallen. War etwas mit seiner Schwester? Ging es ihr nicht gut? Wieso konnte er nicht bei ihr sein?

Der Hals begann wieder zu schmerzen. Vielleicht steckte ihm auch eine Gräte in der Kehle. Er schluckte seinen Speichel hinunter, doch auch der kam ihm staubtrocken vor. Hitze stieg in ihm hoch, sein Herz raste; seine Stirn fing an zu glühen. Er hustete und rang nach Luft.

Dann schüttelte etwas seinen Körper, und Terry schwankte im Sitzen, bis er schließlich vornüberkippte, als wäre sein Kopf plötzlich zu schwer. Mit einem dumpfen Geräusch, das er wie durch Daunen hörte, fiel er auf den Boden. Er verlor das Bewusstsein, wachte wieder auf, dämmerte vor sich hin und tauchte wieder ein in eine fiebrige Traumwelt. Der Fisch mit den toten Augen schwamm um ihn herum. Als er das nächste Mal erwachte, wusste er nicht, wie lange er schon auf dem kalten Boden lag.

Irgendwann nahm er Stimmen wahr, eine Pfeife, die schrillte. Was wollten sie von ihm? Sollte er aufstehen? Oder knien und beten?

Es war ihm egal. Er blieb liegen.

Er fühlte das Gänsepaar, das auf ihm landete, das ihn hochhob und davontrug.

Wohin?

»Alice?«, fragte er schwach.
Vielleicht brachten ihn die Vögel ja auf die Insel. Dahin, wo seine kleine Schwester auf ihn wartete.
»Hört ihr mich? Ich muss zu ihr«, sagte er zu den Gänsen.
Ihre Flügel schlugen im Takt. Es mussten sehr starke Flügel sein, wenn sie ihn einfach so …
Er wurde fallengelassen. Etwas Weiches umgab ihn. Gänsefedern. Er konnte sie riechen. Es roch feucht, nach dem *Black Lake*. Vielleicht legten die Vögel ihn in ihr Nest? War er schon auf der Insel?
»Alice Littlebird?« Terry wollte ihr zuwinken, doch jemand hielt seine Handgelenke umklammert.
Was war hier los?
Er hörte Stimmen und riss die Augen beinahe gewaltsam auf.
Er lag in einem Bett. Keine Gans weit und breit. Eine Nonne stand da und blickte auf ihn herab. Eine zweite hielt ihn fest.
»Mund auf«, sagte die eine und schob ihm einen Löffel zwischen die Lippen.
Er schluckte etwas Bitteres, Öliges, und dann fielen ihm die Lider wieder zu. Der Flügelschlag der Gänse rauschte noch in seinen Ohren.

21

Alice starrte auf die Stelle neben dem Baum, an der ihr Rucksack gelegen hatte. Irgendwer oder irgendwas musste ihn mitgenommen haben.

Vielleicht eine Krähe? Sie hatte schon mal gesehen, dass Krähen Nüsse knackten und Eier aus Nestern raubten. Die schlauen Vögel waren bestimmt auch in der Lage, einen Beutel voller Kirschen zu stehlen, oder?

»Das ist nicht nett«, murmelte sie. »Der gehört meinem Bruder.«

Sie lief suchend um den Baum herum und entdeckte ein paar Kirschen. Und wenn nun doch irgendein Unbekannter auf der Insel lebte?

Alice schüttelte den Kopf. Ein Mensch hätte nicht die Hälfte der Beute verschüttet. Es sei denn …

Es sei denn?

Die Kirschen lagen wie eine Spur vor ihr ausgebreitet. Vielleicht wollte jemand sie in eine Falle locken? Unsinn. Dann hätte derjenige auch einfach in einem Versteck abwarten können, bis sie sich die süßen Früchte holen kam.

Zögernd begann sie der Spur zu folgen. Im Gras waren die Früchte noch gut zu erkennen, aber dann führte die Fährte in ein mit Farn bewachsenes Gebiet.

Alice bog einzelne Büsche um und fand hier und da noch eine Kirsche. Doch wo steckte der Rucksack? Wenn das wirklich eine Krähe gewesen ist, muss sie sehr stark sein, überlegte sie. Auf einmal spürte Alice, dass der Boden unter ihren Füßen weich wurde. Sie trat behutsamer auf. Und stoppte jäh, als sie plötzlich vor einem kleinen sumpfigen Teich stand. Farnwedel und große fleischige Blätter verbargen ihn so gut, dass sie fast hineingestolpert wäre. Ein Frosch quakte und sprang vor ihr davon.

Mit aufmerksamen Blicken tastete sie das modrige Gewässer ab. Die Kirschspur hatte sie zwar hierhergeführt, aber sie konnte nichts Auffälliges entdecken. Sie wollte schon umkehren, als sie auf der anderen Seite des Tümpels einen schwarzen Gurt entdeckte, der halb im Wasser hing. Hastig lief sie um den Teich. Ihre Füße schmatzten im Schlamm, und mit einem Griff angelte sie nach Terrys Rucksack. Da sah sie *es*, etwas blutig Schleimiges. Alice machte einen Satz rückwärts. Beinahe wäre sie hineingetreten: Die Gedärme lagen direkt vor ihr – glänzend und frisch. Irgendein Tier musste hier gerade gefressen haben. Hatte Alice es bei seiner Mahlzeit gestört? War es noch in der Nähe?

Sie blickte sich nach allen Seiten um.

Oder war das Tier schon satt gewesen und hatte die blutigen Reste einfach zurückgelassen?

Ihr fiel das Knurren aus dem Dunkel ein, und sie lauschte. Doch alles blieb still. Trotzdem: Sie sollte besser gehen. Vielleicht würde das Tier zurückkehren und sich die Überbleibsel seines Mahles holen.

Nervös trat sie noch einen Schritt zurück. Etwas bewegte sich ganz in ihrer Nähe. Alice zuckte zusammen und unterdrückte gerade so einen Aufschrei. Ein bräunlicher Vo-

gel blickte sie verwundert an. Dann rannte er auf seinen kurzen Beinen davon und erhob sich mit hektischem Flügelschlag in die Luft.
Nur ein Moorschneehuhn, dachte Alice und seufzte erleichtert. Wieso war sie bloß so ängstlich?
Noch einmal warf sie einen Blick auf die Eingeweide, die ihr merkwürdig bunt erschienen, als wäre in ihnen noch ein Rest Leben. Von welchem Tier mochten sie stammen? Und welcher Fleischfresser trieb sich hier herum? Terry hätte bestimmt nach Abdrücken im Uferschlamm gesucht, um das Rätsel zu lösen, doch Alice beschloss, so schnell wie möglich von hier zu verschwinden.
In welche Richtung sollte sie gehen? Sie hatte längst die Orientierung verloren. Von ihrem Sturz war ihr auch immer noch ein wenig schwindlig. Dass der Boden unter ihren Füßen feucht und schlammig war, gefiel ihr nicht. Keinesfalls wollte sie in einem Sumpf landen. Also versuchte sie, möglichst rasch von den Farnen wegzukommen und in den Schatten der Bäume einzutauchen. Eine Weile lief sie über Moos, Wurzeln, Blätter und Baumnadeln. Äste tanzten über ihr, und gerade als sie sich fragte, ob sie nicht besser umkehren sollte, sah sie zwischen den Bäumen etwas aufblitzen.
Der See! War sie etwa auf der anderen Seite der Insel?
So musste es wohl sein. Und nun? Wie sollte Terry sie hier finden?
Die Sonne ging bereits unter. Sie musste einen Platz suchen, der für ein Nachtlager geeignet war.

Alice kratzte sich und rieb sich den Dreck von den Armen. Schmutz klebte überall an ihr, die Haare waren verfilzt, und die Mückenstiche juckten.

Sie beschloss, schwimmen zu gehen, bevor es dunkel wurde. Morgen würde sie zum Tipi zurücklaufen – sie musste einfach nur ihren Spuren folgen, nachdenken, auf die Zeichen achten, die sie hinterlassen hatte. Wenn die Sonne aufgeht, werde ich sofort aufbrechen, nahm sie sich vor.

An den See zu gelangen war schwieriger, als sie gedacht hatte. Dicht an dicht standen die Bäume, die sperrigen Äste wollten sie nicht durchlassen. Wildes Gestrüpp versperrte ihren Weg. Zweimal stolperte sie über Wurzeln, und ein dorniger Zweig schlug ihr mitten ins Gesicht.

Doch dann lag der See vor ihr, friedlich, mit sanften, kaum wahrnehmbaren Wellen, und blinzelte ihr zu.

In Windeseile zog sie sich aus, hängte Rucksack und Kleidung über einen Ast. Mücken attackierten Alice von allen Seiten, und sie beeilte sich, in den See zu springen.

Das kalte Wasser war wie eine Erlösung. Endlich ließen die Blutsauger von ihr ab. Alice schwamm ein paar Züge, tauchte und nahm kleine Fische und den Schlamm unter sich wahr und kam wieder hoch. Die untergehende Sonne legte einen goldenen Glanz auf den *Black Lake*, der ihr gar nicht mehr so schwarz vorkam. Ein paar Züge noch ... Sie dachte an Terry, der ihr das Schwimmen beigebracht hatte, als sie fünf Jahre alt gewesen war. Dann hielt sie Ausschau nach einer Stelle, an der sie nachher schlafen konnte. Überall nur Gestrüpp. Sie sah eine Landzunge vor sich auftauchen. Vielleicht konnte sie die noch schnell umrunden, bevor sie zu ihren Kleidern zurückkehrte?

Sie schwamm dichter an das Ufer heran.

Eine Ente kreuzte ihren Weg und schnatterte. Möwen flogen über sie hinweg, und als sie einmal zum Himmel aufsah, bemerkte sie weit über sich einen großen Raubvogel, der seine Kreise zog. Vielleicht ein Fischadler?

Auf dieser Seite der Insel gab es kaum Schilf, der Wald grenzte direkt ans Ufer, und einige Stämme lagen im Wasser.

Alice wich einem Baum aus und tauchte unter dem Wipfel des nächsten hindurch. Sie schwamm zwischen seinen Blättern, und Zweige streiften ihren Kopf und ihre Schultern. Unter der Baumkrone verharrte sie einen Moment und sah sich um: Sie befand sich in einer grünen Höhle. Hinter ihr ertönte Geschnatter, die Ente schien ihr neugierig gefolgt zu sein und zog nun an ihr vorbei.

»Du bist Menschen wohl nicht gewöhnt, was?«, fragte Alice leise.

Sie schwamm durch den Blättervorhang, und dann tauchte eine Bucht vor ihr auf.

Alice erschrak, sie fing an zu zittern, als wäre ihr plötzlich zu kalt im Wasser. Ein *Haus*!

Unbewohnt, schoss ihr durch den Kopf. Terry hat doch gesagt, die Insel wäre …

Sofort wollte sie sich zurückziehen, sich verstecken. Doch sie blieb und starrte dieses Ding an. Es sah eher nach einem

aus Brettern zusammengenagelten Schuppen aus. Eine Fischerhütte? Lebte dort jemand?
Selbst aus der Ferne konnte sie sehen, dass das Haus alt und marode war. Die Farbe blätterte vom Holz, zwei Fensterscheiben fehlten, und auf dem Dach schien Moos zu wachsen.
Sollte sie näher heranschwimmen, um sich ein klareres Bild zu verschaffen? Oder war es besser, so schnell wie möglich von hier zu verschwinden?
Sie zögerte eine Weile, zog sich unter das Blätterdach zurück und kam wieder hervor. Ihre Zähne klapperten – sie fror jetzt tatsächlich.
Was hatte es mit der Hütte auf sich?

22

Terry erwachte. Sein Mund fühlte sich trocken an. Mit der Zunge fuhr er über seine spröden Lippen und schluckte ein paarmal. Dann setzte er sich im Bett auf und sah sich um.
Beinahe automatisch griff seine Hand nach dem Glas Wasser, das auf dem Nachttisch stand. Gierig trank er es in einem Zug aus.
Er war im Krankenzimmer: weiße Kissen, Decken und

Laken, ein schwarzes Kreuz über der Tür. Zwei Betten. Ein seltsamer Geruch.
Er kannte den Raum aus der Zeit, als er an Tuberkulose erkrankt war und mit dem Tod gekämpft hatte. Hustend, keuchend, mit schmerzender Lunge, Blut spuckend.
Ein Augenpaar blinzelte ihn an. »Hallo«, murmelte der Junge. Er lag bis zur Nasenspitze verborgen unter der Decke.
Terry nickte ihm zu. Die piepsige Stimme kam ihm bekannt vor. »John White Fox?«
»Du sagst es.«
»Warum bin ich hier?«
»Fieber. Du hattest hohes Fieber und hast irgendwelchen Unsinn vor dich hin gebrabbelt.«
Terry erschrak.
»Unsinn?«
»Ja. Irgendwas von Gänsen. Keine Ahnung. Du hattest einen Fiebertraum, meinten die Nonnen.«
»Und sonst?«
»Sonst?«
»Was habe ich außerdem erzählt?«
John zuckte mit den Schultern. »Nichts. Jedenfalls nichts, was einen Sinn ergeben hätte.«
Terry nickte. Er hätte gern gewusst, was der Junge damit meinte. Konnte er ihm vertrauen?
»Warum bist du hier?«, fragte er und musterte seinen Nachbarn.
John warf die Decke beiseite und zeigte Terry seine Hände – sie waren bis zu den Ellenbogen hinauf verbunden. »Ein

Unfall.« Er seufzte. »Ich hab ihnen gleich gesagt, dass ich als Heizer nichts tauge.«
»Du hast dich *verbrannt*?« John war ein schmächtiger Junge, kaum älter als zehn – Terry verstand nicht, wie man darauf kommen konnte, ihn für derart schwere Arbeiten einzusetzen.
»Das Feuer hat ein Spiel mit mir getrieben. Es war schneller als ich.«
Terry fragte sich, ob die Verletzung wirklich ein Unfall gewesen war.
»Sie wollen mich in ein Krankenhaus bringen, wenn sich die Wunde entzündet.« Ein merkwürdiges Grinsen huschte über sein Gesicht. »Ins Krankenhaus, verstehst du?«
Terry schwieg.
»Aber was ist mit dir? Wir dachten, dass du und deine Schwester längst …« John sprach nicht weiter.
»Tot wären?«
»Nein. In Freiheit.«
Terry holte tief Luft und griff sich an den Hals. »Ich habe immer noch Durst.«
»Du kannst mein Wasser trinken.« John deutete mit dem Kinn auf den Becher auf seinem Nachttisch. »Ich würde es sowieso nur verschütten.«
Terry erhob sich. »Das ist nett von dir, aber …« Er stand neben dem Bett. Seine Beine fühlten sich bleiern an, und er schüttelte sie aus, bevor er sich in Bewegung setzte. Er trat an Johns Krankenlager und hielt ihm den Becher an die Lippen.

Der Junge nippte nur daran. »Ist schon okay. Die Nonnen haben mich vorhin gefüttert und mir zu trinken gegeben. Sie behandeln mich wie ein Baby. Ich glaube, sie haben sogar Mitleid mit mir. Nimm du.«
»Sicher?«
»Absolut.«
»Danke.« Terry trank einen Schluck. Ein merkwürdiger Geruch stieg ihm in die Nase. Unwillkürlich verzog er das Gesicht.
»Das ist nur die komische Salbe, die so stinkt. Tut mir leid.«
»Schon gut. Wie ist das passiert?« Terry deutete auf die Verbände.
»Ich bin gestolpert. Und … na ja … ungünstig gefallen.«
Die Jungen schwiegen eine Weile.
»Ist es … Ich meine, tut es sehr …?«
»Halb so wild«, fiel John ihm ins Wort. »Du solltest dich besser wieder hinlegen. Sonst denken die Nonnen, dass du gesund bist.« Er lächelte, aber er sah erschöpft aus.
Auf dem Flur waren Schritte zu hören.
Terry beeilte sich, in sein Bett zu kommen. Er warf noch einen Blick zu John hinüber. Der Junge lag wieder zugedeckt da, als wollte er sich verstecken. Von ihm war nichts als ein bisschen schwarzes Haar zu erkennen.
Die Tür öffnete sich, und Terry schloss die Augen. Doch er sah trotzdem, welche Nonne eintrat. Alice nannte sie Rabenfrau.
»Na, sieh mal einer an, geht's uns also besser?«
Terry antwortete nicht. Er tat so, als würde er schlafen.

»Du hattest wohl Durst, was?«
Die Nonne setzte sich auf sein Bett und legte ihre Hand auf Terrys Stirn.
»Kein Fieber mehr. Sehr schön. Gott hat sich deiner erbarmt, du solltest dankbar sein.« Es klang, als wollte sie sich über ihn lustig machen. »Verdient hast du es nämlich nicht.«
Terry schwieg hartnäckig.
»Also schön. Kommst du freiwillig mit mir, oder sollen wir dich zurück in den Keller bringen?«
»Wohin?«, brachte er heraus.
»Das wirst du dann schon sehen.«

23

Alice schwamm eilig zurück. Gab es Menschen auf der Insel? Lebte jemand in der Hütte?
Bibbernd kroch sie aus dem Wasser. Ihre Kleidung und der Rucksack hingen noch an dem Ast. Niemand außer ihr war hier. Es gab keinen Grund zur Sorge.
Oder?
Sie rieb sich mit Sand und Blättern trocken und warf sich hastig ihr Kleid über, schlüpfte in die Mokassins. Der See blinzelte ihr zu, als wollte er sie beruhigen.
Ein kalter Wind fegte über die Wasseroberfläche. Die Sonne

war schon beinahe verschwunden. Alice stapfte durch den Wald, schlängelte sich durch Geäst und Büsche – leise, fast geräuschlos, wie ein Wolf.

Die Hütte.

Alice verbarg sich im Unterholz und spähte zu ihr hinüber. Das Blockhaus sah so verfallen und finster aus, als würde es ein Geheimnis bergen.

Sollte sie sich wirklich hineinwagen?

Was blieb ihr anderes übrig? Es würde bald dunkel werden, es war kühl, eine scharfe Brise pfiff ihr um die Ohren.

Wenigstens für eine Nacht, dachte Alice.

Aus den Fenstern schimmerte kein Licht, natürlich nicht.

Wovor hatte sie Angst?

Vorsichtshalber lauschte Alice eine Weile.

Nichts.

Die Hütte wirkte verlassen wie eine alte Wolfshöhle. Kein auffälliger Ton. Sogar die Vögel schwiegen. Nur die Blätter der Bäume rauschten sanft.

Alice krabbelte auf allen vieren vorwärts. Die Büsche gaben ihr Deckung. Falls doch jemand aus dem Haus treten sollte, konnte sie sich immer noch ungesehen zurückziehen.

Als sie sich nahe genug herangeschlichen hatte, erkannte Alice, dass die Tür mit einem rostigen Vorhängeschloss gesichert war.

Gebückt lief Alice auf das Gebäude zu und warf sich an die Holzwand. Direkt über ihr befand sich ein Fenster ohne Scheibe. Vorsichtig kam sie ein Stück hoch und spähte ins Innere.

Im Halbdunkel erblickte sie ein paar Möbel: umgeworfene Stühle, ein Schrank, ein zerschlissener Sessel, herausgerissene Schubladen, eine aufgeschlitzte Matratze. Die Spinnweben waren so dick, dass sie wie weiße Tücher aussahen. Es musste lange her sein, dass hier ein Mensch gewohnt hatte.

Aus den Holzrahmen ragten Glassplitter wie spitze Zähne. Alice beugte sich ein Stück vor und angelte nach den Fenstergriffen.

Ein modriger Geruch schlug ihr entgegen. Einen Moment fragte sie sich, ob der Bewohner dieses Hauses vielleicht noch da war – nur nicht mehr lebendig.

Ein Schauer jagte ihr über den Rücken. Sie hatte sich fast schon daran gewöhnt, allein zu sein. Aber allein zu sein mit einem Toten wäre nun doch etwas ganz und gar anderes. Alice zögerte jedoch nur kurz. Es gab keinen Weg zurück. Wenn sie herausfinden wollte, was in der Hütte war, musste sie einsteigen und nachsehen.

Das Fenster öffnete sich mit einem Ächzen, das sich fast wie ein Stöhnen anhörte. Alice ignorierte die Gänsehaut auf ihren Armen, schwang ein Bein über das Fensterbrett und zog das andere vorsichtig nach. Für einen kurzen Moment verlor sie den Halt, und eine kleine gezackte Scherbe drang in ihren Schenkel. Alice stieß eine Art Zischen aus. Blut tropfte aus ihrer Wunde. Alice presste die Lippen zusammen und kletterte weiter, rutschte in den Raum hinein und landete auf einem alten, staubigen Sofa. Argwöhnisch blickte sie sich um.

Als sie eine dunkle Gestalt bemerkte, fuhr sie zusammen. Doch dann erkannte sie, dass es sich um ihr eigenes Spiegelbild handelte. Der Spiegel war beschlagen, und sie hatte sich als schwarzen Schatten darin gesehen.
Während Alice durch die Hütte ging, hinterließ sie eine Blutspur, aber sie bemerkte es kaum. Der Schmerz pochte in der Wunde, ohne dass sie ihm viel Beachtung schenkte. Sie musste endlich wissen, ob sie hierbleiben konnte oder nicht.
Alice trat auf etwas Weiches, doch es war nur eine zusammengelegte Decke aus flauschigem hellem Fell.
Wieder kam ihr der Gedanke, dass der Bewohner hier irgendwo noch liegen könnte. Wie ein Storch stakste sie weiter, dann spürte sie plötzlich eine Bewegung hinter sich. Alice schrie erschrocken auf und drehte sich blitzschnell um. Das Fell lebte!
Etwas Weißes hoppelte an ihr vorbei, rannte im Zickzack durch den Raum, sprang auf das Sofa und entwischte durch das Fenster.
»Das weiße Kaninchen«, flüsterte Alice verblüfft. Sie kicherte nervös.
Allmählich gewöhnten sich ihre Augen an die Dunkelheit. Sie stolperte über einen Stiefel und versetzte ihm einen Tritt. Wenigstens konnte sie nun erkennen, worüber sie fiel.
»Hallo«, flüsterte sie und räusperte sich. »Hallo, ist da jemand?«, murmelte sie etwas lauter.
Sie lauschte und nagte an ihrer Unterlippe.

Es kam keine Antwort. Natürlich nicht. Wenn jemand hier gewesen wäre, hätte er sie längst angebrüllt oder sogar auf sie geschossen.

Alice spürte das Pochen in ihrer Wunde jetzt deutlicher und tastete nach dem Splitter, der noch in der Haut steckte. Er schaute so weit heraus, dass sie ihn mit den Fingern packen und langsam herausziehen konnte.
Geschafft. Sie ließ den Splitter fallen, hob ihn dann aber wieder auf und untersuchte die Wunde. Hatte sie das Glas vollständig entfernt?
Plötzlich sauste etwas an ihrem Kopf vorbei. Es war eine Fledermaus, die verwirrt im Kreis flog.
»Oh, tut mir leid«, sagte Alice leise. »Ich habe dich gestört. Findest du den Ausgang nicht?«
Alice öffnete das eine intakte Fenster, das noch geschlossen war.
»Flieg«, sagte sie.
Die Fledermaus schwirrte noch ein paarmal um sie herum, ehe sie ins Freie entkam.
Alice sah ihr nach. Ein kleines schwarzes Wesen, das aufgeregt davonflatterte. »Und grüß das weiße Kaninchen!«, rief sie.
Etwas Blut rann ihr warm das Bein hinab. Sie brauchte einen Verband. Suchend blickte sie sich um.
Der Schrank in der Ecke war so ziemlich das einzige Möbelstück, das unversehrt aussah. Sie öffnete ihn.
In den Fächern lagen Kleidungsstücke. Sie rochen muffig,

aber Alice konnte nicht wählerisch sein. Sie griff nach einem Hemd und schnupperte daran. Es verströmte einen scharfen Geruch, der sie an ihr Nachthemd in der Internatsschule erinnerte. Also ist es gewaschen, beschloss Alice. Ungeduldig zerrte sie an dem Stoff herum, und schließlich biss sie beinahe wütend ein Loch hinein und riss das Hemd in Streifen. Sich selbst zu verbinden erwies sich als schwieriger, als sie gedacht hatte. Der Stoff saß nicht fest genug und löste sich wieder, so dass sie von vorn beginnen musste. Doch schließlich saß der Verband.

Alice ließ sich auf das Sofa fallen und streckte das verletzte Bein von sich. Sie sah den Mond, der durch das Fenster schien, als wollte er sie nicht allein lassen. Er war fast voll, nur ein kleines Stück fehlte noch. Ob Terry auch gerade zu ihm hinaufblickte? Wo war ihr Bruder?

24

Terry folgte der Nonne mit einem mulmigen Gefühl. Seine Schwester hatte die Rabenfrau nur zwei- oder dreimal erwähnt, doch wenn sie über sie sprach, lag ein dunkler Schleier auf ihrem Gesicht.

Die Gänge waren leer, die Schüler hockten in der Schule oder arbeiteten irgendwo.

Sie kamen zum Jungenwaschraum, und Terry musste sich an einem der Becken Gesicht, Hände und Haare waschen. Die Rabenfrau stand mit verschränkten Armen neben ihm und beobachtete ihn unverhohlen. Ihre Blicke kamen ihm wie Berührungen vor. Wenigstens musste er nicht in ihrem Beisein *duschen*.

»Na, wie fühlt es sich an, schuld am Tod der eigenen Schwester zu sein?«, fragte sie ihn.

Terry wollte etwas entgegnen, schluckte die Worte aber hinunter. Vielleicht wollte die Nonne ihn nur provozieren? Ihn mit ein paar Tricks zum Reden bringen?

»Da fällt dir nichts zu ein, Bursche? Nummer 47 hätte hier eine Zukunft gehabt. Sie war ein intelligentes Mädchen! Sauber, folgsam und eine gute Schülerin.«

Statt einer Antwort hielt er seinen Kopf noch einmal unter den Hahn. Etwas Abkühlung tat ihm gut. Sollte die Alte doch keifen, so viel sie wollte.

»Du denkst, du bist ein Held, was? Aber du bist nichts anderes als ein erbärmlicher Feigling, Nummer 12!«

Wasser rann über Terrys Gesicht, er konnte nur in die Richtung blinzeln, in der sie stand – wie ein großer schwarzer Schatten. Er war froh, dass er nicht in ihre hasserfüllten Augen blicken musste.

»Setz dich!« Sie schob einen Holzhocker in seine Richtung. Mit einer verächtlichen Bewegung warf sie ihm ein feuchtes, faulig stinkendes Tuch über den Kopf und rubbelte mit groben Bewegungen in seinem Haar herum. Dann schmiss sie das Handtuch wütend auf den Boden.

Terry hörte ein metallisches Geräusch hinter sich und ahnte, was ihm blühte.
»Finden Sie wirklich, dass sie schon wieder zu lang sind, Schwester?«, fragte er.
Statt zu antworten, griff sie in seinen Schopf, als wollte sie ihn skalpieren.
Terry nahm wahr, wie sein Haar zu Boden fiel. Nun gut, das kannte er schon. Aber irgendetwas war heute anders. Es gab keinen Spiegel, in den er hätte schauen können. Also blickte Terry ins Nirgendwo und lauschte konzentriert dem Summen einer Fliege, die um die Nonne herumschwirrte. Es fühlte sich an, als würden ihm sämtliche Haare ausgerissen. Dann begriff er: Die Schwester benutzte keine Schere, sondern so eine Maschine, die aussah, als hätte sie Zähne.
Es wird wohl ein bisschen kürzer werden als sonst, dachte er müde. Es war ihm egal. Er spürte nichts bei dem Gedanken. Auch später nicht, als ihm klar wurde, was die Rabenfrau getan hatte.
Die anderen lachten über ihn, als er den Speisesaal betrat. Lachten.
Über Terry, den Glatzkopf. Sollten sie doch.

25

Mit einem Ruck kam Alice hoch und schnappte nach Luft.

Das Kanu war gekentert! Sie sank in die Tiefe, Luftblasen stiegen auf, und sie sah Terry über sich schwimmen, hörte, wie er ihren Namen rief.

Sie schüttelte den Kopf, um den bösen Traum loszuwerden. Doch Terrys Stimme drang immer noch wie aus weiter Entfernung zu ihr: »Alice! Wo bist du?«

Ja, wo war sie bloß? Warum lag sie auf einem alten staubigen Sofa?

Verwirrt blickte sie sich in der Hütte um. Im Licht des frühen Tages wirkte alles noch chaotischer. Den umgeworfenen Stühlen fehlten Beine, als hätte sie jemand abgehackt. Aus dem zerschlissenen Sessel stachen rostige Sprungfedern hervor. Auf dem Holzboden lagen schmutzige Kleidungsstücke, vom Wind hereingewehte Blätter und tote Insekten. Alice zuckte erschrocken zusammen, als sie die merkwürdigen Splitter auf den Dielen entdeckte. Waren das etwa Knochen? Noch immer spukte in ihrem Kopf herum, dass der Bewohner hier gestorben sein könnte. Doch als sie genauer hinsah, stellte sie fest, dass es Teile eines Geweihs, vermutlich von einem Hirsch, waren. Wie ein großes Puzzle lagen sie im Raum verstreut.

Irgendjemand oder irgendetwas musste sich hier ausgetobt haben.

Ein Tier? Gab es Bären auf der Insel? Und wo befand sich der Mensch, der hier mal gewohnt hatte? Vielleicht war ihm etwas Schlimmes passiert, und er war deshalb nicht zurückgekehrt? Vielleicht stand er aber auch vor dem Haus und wartete, dass sie herauskam?
Langsam reckte sie den Hals und spähte aus dem Fenster. Sie war tatsächlich nicht allein. Auf dem Geländer der halb verfallenen Veranda stand ein Reiher. Die aufgehende Sonne ließ sein Gefieder sanft leuchten. Sein konzentrierter Blick in den See erinnerte Alice daran, dass sie schon lange nichts mehr gegessen hatte.
»Bringst du mir einen Fisch mit?«, flüsterte sie. »Bitte. Ein kleiner genügt.«
Der Reiher hob ab, als hätte er sie gehört, und flog mit kräftigem Flügelschlag dicht über der Wasseroberfläche davon.
Alice schob sich schnell vom Sofa. Vielleicht fand sie ja hier irgendwo etwas Essbares? Das Bein schmerzte beim Auftreten, aber der Hunger trieb sie an.
Auf die dicken Maden, die in einem übel riechenden Topf auf dem Herd herumkrochen, wollte sie allerdings lieber verzichten …
Mit einiger Mühe zerrte sie die Schubfächer eines schiefen, aus Brettern zusammengebauten Küchenschrankes auf und entdeckte tatsächlich etwas Maismehl, Ahornzucker, Salz und eine verbeulte Flasche, in der sich ein paar Tropfen Öl befanden. Wie alt mochten die Lebensmittel sein? Waren sie noch genießbar?

Sie leckte ihren kleinen Finger an, stukte ihn in die Körnchen und probierte vorsichtig ein winziges bisschen.
»Alles okay«, entschied sie. »Es gibt Bannock zum Frühstück.« Ihr fehlten bloß noch Trinkwasser und Feuer, um das Mahl zuzubereiten.
Alice dachte an den Bach, an dem sie ihr Tipi gebaut hatten. Als sie einen Moment die Augen schloss und das klare saubere Wasser vor sich sah, wurde ihre Kehle trocken.
Sie brauchte unbedingt etwas zu trinken. Den Rückweg hungrig und durstig anzutreten, war bestimmt keine gute Idee.
Ihr fiel der Rucksack ein. Vielleicht konnte sie aus den restlichen Kirschen etwas Saft pressen? Doch als sie den Rucksack ungeduldig aufriss, wurde ihr beinahe übel: Die Früchte rochen bereits vergoren. Sie hatten sich über Nacht in einen matschigen, ungenießbaren Brei verwandelt.
Alice hielt es in der Hütte nicht länger aus. Sie lief hinaus, schüttete die fauligen Kirschen in ein Gebüsch und rannte auf das Ufer zu. Dann holte sie weit aus und warf den Rucksack in den See, stakste ihm hinterher und wusch ihn ausgiebig.
Der Durst überkam sie mit aller Macht. Sollte sie einen Schluck trinken, nur einen kleinen? Oder war das zu gefährlich? Konnte sie krank davon werden? Sicher hatte der *Black Lake* seinen Namen nicht umsonst, und mindestens ein Mädchen war in ihm ertrunken, wenn der Pater nicht gelogen hatte.
Sie schöpfte das Wasser mit beiden Händen, nippte aber

nur daran, um es mal zu probieren. Es schmeckte leicht modrig, aber längst nicht so eklig, wie sie gedacht hatte. Sie nahm noch einen zweiten Schluck und einen dritten. »Nun ist's genug«, sagte sie leise, schnappte sich den Rucksack und rannte zum Haus zurück.

Sie hatte immer noch Durst, und ihr Bauch knurrte vernehmlich.

Unruhig lief sie um die Hütte herum. Sie mochte noch nicht wieder hineingehen. Erst musste sie ihr Problem lösen. Was sollte sie essen?

Möglicherweise hatte der unbekannte Bewohner ja etwas angepflanzt?

Doch auf dem Hof gab es nicht viel zu entdecken. Ein paar vertrocknete Maispflanzen ohne einen einzigen Kolben. Eine umgekippte Schubkarre, eine dreckige Schaufel, eine weiße Schüssel …

Eine weiße Schüssel?

Alice betrachtete sie genauer. Sie war aus Metall und stand sicher schon eine ganze Weile hier. Und hatte es nicht vor Kurzem geregnet?

Tatsächlich. Es war nur eine Pfütze, aber immerhin. Das Wasser sah glasklar aus und roch nach nichts.

Auf dem Grund der Schüssel waren zwar Sand und kleine Steinchen zu erkennen, aber das schien ihr kein Problem zu sein. Sie würde sie mit einem Tuch heraussieben und danach Bannock backen.

Nach ein paar Minuten stand alles bereit: eine Pfanne, die sie rasch mit einem Messer abgeschrubbt hatte, Mehl, Wasser … Sollte sie lieber die süße oder salzige Version backen? Oder beides? Terry würde sich jedenfalls freuen, wenn sie ihm frisches Gebäck mitbrachte, ganz egal in welcher Geschmacksrichtung. Kurz dachte sie noch daran, ihren Verband zu wechseln, weil der Stoff unangenehm an der Wunde klebte, aber das konnte sie auch nach dem Essen tun.

Sie brauchte bloß noch … Irgendetwas fehlte …

Das *Feuer* für den Herd! Etwas Brennholz lag bereit, und zur Not konnte sie auch noch die kaputten Stühle verbrennen. Aber … Sie brauchte Streichhölzer!

Wieder durchsuchte sie die Schubladen, Kästen und alle Winkel und Ecken. Doch sie fand nichts.

Sicher, sie konnte nach trockenen Zweiglein suchen, etwas Brennmaterial … Ihre Großmutter hatte ihr gezeigt, wie man mit ein paar Hilfsmitteln Funken schlagen und ein Feuer entfachen konnte. Jedenfalls, wenn man geduldig genug war. Doch Alice fehlte diese Geduld, sie fühlte sich zu unruhig, sie verstand nicht, wo Terry blieb. Suchte er nicht nach ihr? Oder hatten sie ihn …?

Ihr fielen die Streichhölzer ein, die er ihr gegeben hatte. Sie mussten irgendwo im Rucksack sein, vermutlich durchnässt und unbrauchbar.

Ohne Hoffnung begann sie nach ihnen zu suchen. Nichts. Auch die kleine Innentasche war leer.

Wie sollte dort auch noch etwas sein? Schließlich hatte sie den Rucksack ausgekippt und anschließend im See gewaschen.

Die Kirschen!, fiel ihr ein.

Sie rannte um die Hütte herum und kniete vor den verfaulten Früchten nieder, als wollte sie zum Gott der Kirschen beten. Fliegen surrten um den matschigen Haufen, Ameisen krabbelten darauf herum. Alice schippte die Kirschen beiseite und schüttelte die Insekten ab, die sich auf sie stürzten.
»Ja, klar, nass und klebrig.« Alice lachte oder schluchzte, als sie das Päckchen aus der roten Masse zog.
Dann bemerkte sie, dass auf der Schachtel eine Schicht lag, etwas Durchsichtiges ... Und als Alice sie öffnete, stellte sie fest, dass auch die Hölzer überzogen waren; jeder Zündkopf schien eingebettet wie in einem Kokon. Der Belag fühlte sich glatt an. Hatte Terry ihr nicht etwas zu den Hölzern gesagt? Alice versuchte sich zu erinnern, aber sie kam nicht darauf, was es war.
Sie fing an, die Schutzschicht mit dem Fingernagel abzupulen. Es sah aus wie ... Es musste Wachs sein, Kerzenwachs.
»Ich hab an alles gedacht«, hörte sie Terry sagen. Sie sah sein stolzes Lächeln deutlich vor sich.
Vorsichtig, als könnte sie sich in Luft auflösen, trug sie die kleine Schachtel in die Hütte hinein.
Das erste Streichholz brach in der Mitte durch, sie nahm das zweite mit zitternden Fingern. Zog den Schwefelkopf ängstlich über die Reibefläche.
Ein kleines Flämmchen brannte und erlosch gleich wieder.
»Tut mir leid, Terry«, flüsterte Alice. »Ich stelle mich wohl zu ungeschickt an, was?« Sie lachte verzweifelt.
Dann zwang sie sich zur Ruhe, atmete ein paarmal tief

durch. Den Zündkopf des dritten nahm sie zwischen Daumen und Zeigefinger. Sie musste schnell sein. Sobald es brannte, hielt sie die kleine Flamme an das trockene Laub und Papier. Es klappte! Das Holz im Herd fing endlich Feuer.
Und schon kurze Zeit später zog ein himmlischer Duft durch die Hütte: nach Bannock, nach zu Hause.

26

Terry lag auf dem Eisenbett und starrte an die Decke. Er konnte sich kaum bewegen: Die Rabenfrau hatte ihn mit Gurten an das Bettgestell gefesselt. Wie sollte er so schlafen?
Merkwürdigerweise fühlte er keine Wut. Die Nonne wusste, was sie tat.
Er würde bei der nächstbesten Gelegenheit wieder fliehen. Und diesmal hätten sie keine Chance mehr, ihn zu fassen. Was hatte er noch zu verlieren?
Obwohl er gefesselt war, fühlte er sich frei. Sein Geist lebte und ließ sich nicht brechen. Die Gurte waren nur der Beweis dafür, dass sie nicht weiterwussten. Es war eine hilflose Aktion. Lächerlich. Erbärmlich. Fast bemitleidenswert.

Sie gaben ihn also auf. Hielten ihn nur noch fest und demütigten ihn, damit er klein beigab.
»Wie soll ich so beten?«, hatte er die Rabenfrau entrüstet gefragt und innerlich über sie gelacht.
»Das brauchst du nicht mehr. Du kommst sowieso in die Hölle.« Die Nonne war müde und mit hängenden Schultern davongeschlurft. Nachdem sie weg war, hatten ihn einige der Jungen bedauert, sich über die Bemerkung der Rabenfrau lustig gemacht oder einen gotteslästerlichen Fluch von sich gegeben. Die meisten schwiegen jedoch. John, der wieder ohne Verbände am Rande der Bettenreihe lag, zeigte ihm das Victory-Zeichen, das er allerdings nicht ganz hinbekam. Seine Finger wirkten krumm, seltsam verformt.
Die *Hölle* – was sollte das eigentlich sein?
Als er hierherkam, hatten sie ihm Angst gemacht: mit dem toten Mann am Kreuz und seinem Vater, dem strafenden Gott, mit dem Fegefeuer und dem Ort der Verdammnis, in dem er landen würde, wenn er ihnen nicht gehorchte. Nacht für Nacht hatte er geweint – zusammen mit den anderen Kindern, die neu waren und ihre Eltern vermissten. Doch jetzt weinte er nicht mehr, keine einzige Träne.
Wenn die Nonne grimmig und gebeugt den Raum verließ, kam es ihm oft vor, als wäre in Wirklichkeit *sie* die Gefangene – in ihrer seltsamen Tracht, mit dem schweren Kreuz um den Hals. Er würde irgendwann hier herauskommen. Aber sie würde bleiben.
Du kommst sowieso in die Hölle. Er lachte grimmig über diesen Satz. In der Hölle war er doch schon längst.

Tagsüber musste Terry arbeiten: Baumstämme zersägen, Holz hacken, die Öfen heizen. Durch die Arbeit auf der Farm war er die Anstrengung gewöhnt, dennoch hatte er schnell Schwielen an den Händen.
Sie achteten darauf, dass er keine freie Minute mehr hatte. Sie passten auf ihn auf, beobachteten ihn, er war ihr Sklave. Irgendwann macht ihr einen Fehler, und dann laufe ich euch weg, dachte er. Und diesmal werdet ihr mich nicht wieder einfangen, ihr kriegt mich nicht, jedenfalls nicht lebendig. Sie konnten ihn nicht ewig anbinden. Er musste einfach nur warten, auf eine Gelegenheit warten. Früher oder später würde es so weit sein.

Mitten in der Nacht spürte er eine Berührung an seinem Arm. Jemand flüsterte etwas in sein Ohr, und Terry riss die Augen auf.
»Ach, du bist's«, murmelte er erleichtert. »Ich dachte schon … Was machst du hier? Müsstest du nicht auf der Krankenstation sein?«
»Ich binde dich los«, wisperte John, statt auf die Fragen zu antworten.
»Pass auf, dass du nicht erwischt wirst«, warnte Terry ihn und spähte Richtung Tür. »Das könnte übel ausgehen.«
»Keine Sorge. Es wird nur etwas dauern. Halt einfach still.«
»Als ob ich mich bewegen könnte«, scherzte Terry und versuchte es mit einem Lachen. Es klang heiser, seine Kehle war viel zu trocken.
»Meine Hände«, sagte John. »Sie taugen nicht mehr viel.«

Ein Streifen klares Mondlicht fiel durch die Fenster in den Schlafsaal, und Terry begriff, was John meinte.
Seine Arme waren bis zu den Ellenbogen rot, es sah aus, als hätte ihm jemand die Haut abgezogen. Die Hände wirkten viel zu groß. Terry schluckte, als er merkte, welche Anstrengung es John kostete, mit den geschwollenen Fingern die Riemen zu lösen.
»Immerhin bist du ihn los, den Verband, meine ich.« Terry gab sich Mühe, nicht zu entsetzt zu klingen.
»Sieht schlimmer aus, als es ist. Aber ich habe auch ein bisschen nachgeholfen«, flüsterte John. »Morgen komme ich ins Krankenhaus, und dort holen mich meine Eltern ab.«
»Sicher?« Terry richtete sich auf, rieb sich die Handgelenke und kratzte sich an der Stirn – die Stelle hatte schon die ganze Zeit gejuckt.
John nickte. »Sicher. Das Mädchen, das in der Krankenstation hilft, hat es mir gesagt. Ich hatte einen Brief an meine Eltern geschrieben, und sie hat ihn mitgenommen, als sie mit einer Schwester Medikamente kaufen ging. Und außerdem: Was sollen sie hier mit einem Krüppel?«
»Glückwunsch. Du schaffst es also: Du kommst hier raus.«
John lächelte kurz. »Ich kann nicht arbeiten und noch nicht einmal beten. Ich bin Abfall für sie, wenn du mich fragst.«
Wieder kam Terry in den Sinn, dass die Verletzungen vielleicht gar kein Unfall gewesen waren. Aber er fragte nicht nach.
»Du wirst doch nicht weglaufen, oder?«, fragte John und blinzelte nervös. »Da könnte es nämlich sein, dass sie sauer

werden und mich nicht gehen lassen, nachdem schon meine Schwester abgehauen ist.«

»Deine Schwester?«, fragte Terry überrascht.

»Shirley. Aber ich kenne sie kaum. Sie wuchs bei einer anderen Familie auf.«

Terry wartete, dass John weiterredete, aber er schwieg.

»Nein, ich laufe nicht weg«, versprach Terry schließlich. Obwohl er jede Minute über seine Flucht nachdachte und dies hier vermutlich eine günstige Gelegenheit war – er würde John natürlich nicht in Schwierigkeiten bringen. »Lass mich einfach ein paar Stunden schlafen, und bevor die uns mit ihren Trillerpfeifen wecken, solltest du mich wieder festschnallen. Kriegst du das hin?«

»Klar. Ich bleibe sowieso wach in dieser Nacht.«

»In Ordnung«, murmelte Terry zögernd. Würde John wirklich nicht einschlafen? Aber er wollte ihn mit seinem Zweifel nicht beleidigen. »Ich danke dir, mein Freund«, sagte er nachdrücklich.

John warf ihm einen erfreuten Blick zu, dann nickte er und schlich sich zu seinem Schlaflager zurück.

Aus den Augenwinkeln nahm Terry eine Bewegung in einem der Betten wahr. Einer der Jungen starrte ihn an.

Es war Bill, der wegen seiner abstehenden Ohren von manchen gehänselt wurde. Die meiste Zeit wirkte er verschlossen und sprach kaum mit den anderen.

Terry kannte ihn nicht besonders gut. Von den Erwachsenen wurde er oft als Aufpasser eingesetzt. Vielleicht, weil er eher zu den Außenseitern gehörte?

Wie es aussah, waren sie von ihm belauscht worden.
Na, und wenn schon.
Terry fühlte sich zu erschöpft, um darüber nachzudenken. Müde strich er über seine Glatze, die ihm immer noch fremd vorkam, so als gehörte sie zu jemand anderem. Dann drehte er sich auf die Seite und schlief ein.

27

Alice stand im Wald und lauschte.
Hier irgendwo musste die Stelle doch sein!
Wenn sie die Augen schloss, hörte sie das Schilf leise rauschen. Oder waren es doch nur die Blätter der Bäume?
Nach ihrer Flucht waren Terry und sie am schilfbewachsenen Ufer des Sees angekommen, ein paar Schritte in den Wald gelaufen und hatten dann ein Tipi gebaut. Es konnte doch nicht so schwer sein, den Ort wiederzufinden!
Sie hielt die Nase in den Wind und atmete eindeutig den Duft des Sees ein. Aber roch es auf einer Insel nicht überall nach Wasser?
Und wo war der Bach? Sie hätte längst auf ihn stoßen müssen.
Alice blickte sich nach allen Seiten um, auf der Suche nach einem Zeichen, das ihr den Weg wies.

Dort, der Farn – er leuchtete in der Sonne. Alice lief darauf zu und hörte gleichzeitig die Gänse über sich rufen. Sie flogen so tief, dass Alice ihren Flügelschlag als Luftzug auf ihrer Haut spüren konnte. Sie landeten direkt hinter den Farnbüscheln, und Alice nahm deutlich ein Plätschern wahr.

Der Bach! Endlich! Er lag gut versteckt hinter den Blättern, Ästen und Büschen.

Übermütig sprang Alice über das Gestrüpp hinweg und folgte den Gänsen. Sie schwammen gemächlich im Wasser. Dann kletterten sie die Böschung hinauf, schüttelten ihr Gefieder aus und blickten ihr entgegen – als hätten sie auf sie gewartet.

Sie gaben keinen Ton von sich, aber Alice hatte das Gefühl, dass sie ihr etwas sagen wollten.

»Terry? Wisst ihr, wo er ist? Habt ihr ihn gesehen?«

Die Gänse reckten ihre Hälse und betrachteten sie aufmerksam, ein wenig misstrauisch zwar, aber sie flüchteten nicht vor ihr, als sie näher kam.

»Schon gut.« Alice seufzte. »Ihr würdet es mir sagen, wenn ihr könntet, was?« Sie lachte leise. Die Gänse kamen ihr merkwürdig vertraut vor. Sicher, sie sah sie nicht zum ersten Mal, aber das konnte nicht der Grund sein.

»Mein Name ist Alice Littlebird«, stellte sie sich höflich vor. »Und ich bin hier, weil ich … weil ich … geflohen bin. Von … da … da drüben.« Mit einer unbestimmten Geste zeigte sie in die Richtung des *Black Lake*. »Ihr verratet mich doch nicht, oder?«

Die beiden Wildgänse bewegten sich nicht. Sie hörten ihr zu und beobachteten sie.
»Mein Bruder hat versprochen zurückzukommen, und er würde nie sein Versprechen brechen, es sei denn … Es sei denn …«
Alice hielt Ausschau nach dem Tipi. Sie hatte sich vorgestellt, dass sie ihren Bruder hier fand. Dass er vor Erschöpfung eingeschlafen war und friedlich unter dem Dach der Kiefernzweige lag. Doch von dem Tipi war weit und breit nichts zu sehen. Vielleicht hatte der Sturm es mit sich genommen?
Sie winkte den Gänsen freundlich zu und folgte dem Bach ein paar Schritte, hockte sich an einer Stelle, die nicht allzu dicht bewachsen war, ans Ufer und trank ausgiebig. Dann wickelte sie ihren Verband ab und hielt das verletzte Bein in das kalte Wasser. Die Wunde brannte noch, doch sie schmerzte nicht mehr so stark wie am Tag zuvor.
Alice wusch den Hemdstreifen sorgfältig aus und weichte die gelben und roten Zauberblätter, die sie unterwegs von den Sträuchern gepflückt hatte, kurz im Bach ein. Das wenige, das sie über Heilpflanzen wusste, hatte sie von ihrer Großmutter gelernt, und Alice wünschte sich jetzt, dass sie ihr besser zugehört hätte. Sorgfältig legte sie die Blätter auf die Wunde und verband sie, so gut sie konnte. Sie musste aufpassen, sie konnte keine Entzündung gebrauchen.
Gern hätte Alice ihrer Großmutter ihren umwickelten Schenkel gezeigt und sie um Rat gebeten. Sie vermisste sie plötzlich sehr – den Duft nach heiligem Salbeirauch, der

ihr anhaftete, ihre weichen, warmen Arme, in die Alice oft geschlüpft war wie in ein Nest.

Als sie den Blick hob, entdeckte sie ein paar Schritte weiter Äste, aus denen etwas Weißes hervorlugte. Eine Krähe hüpfte um das Unterholz herum und zerrte daran, als würde sich dort etwas Fressbares verbergen.

Alice sprang so schnell hoch, dass der Schmerz neu aufflammte und sie beinahe im Uferschlamm ausgerutscht wäre. Doch sie fing sich, humpelte weiter und verscheuchte die Krähe, die empört krächzend davonflog.

Das Buch! Es war tatsächlich *ihr* Buch! Allerdings sah es ziemlich übel aus. Es war nicht nur aufgedunsen, sondern auch durchweicht und halb auseinandergefallen. Einzelne Blätter hatten sich bereits gelöst, zwischen den Seiten klebten tote Insekten, und der Einband war voller Schrammen und Flecken. Ihre Namensvetterin auf dem Titelblatt war kaum noch zu erkennen. Aber soweit sie es überblicken konnte, waren alle Seiten noch da, und die Schrift und die Bilder im Innern sahen einfach nur etwas nass und verschmiert aus.

»Nicht so schlimm«, murmelte Alice beinahe zufrieden, strich andächtig über die aufgeweichte Pappe und steckte das Wunderlandbuch in ihren Rucksack. Sie stöberte noch ein bisschen zwischen den Kiefernzweigen herum, fand aber nur etwas verkohltes Holz vom Lagerfeuer.

Von Terry entdeckte sie jedoch keine Spur. Und wäre er inzwischen hier gewesen, hätte er ihr doch ein Zeichen hinterlassen, oder?

»Wo bist du?«, rief sie. Ihre Stimme klang erst leise, dann wurde sie lauter: »Terry? Sag was! Antworte mir!«
Eine Weile stand sie einfach nur da und lauschte.
Niemand antwortete. Sie war allein.
Alice ließ sich ins Gras zwischen die hohen Farne fallen und stöhnte leise. Ihr Bruder war nicht zurückgekommen. Sie war ganz und gar allein auf dieser Insel.
Eine Weile starrte sie zu den Wolken hinauf, die rund und dick aussahen, wie vollgefressene Schafe. Wenn sie doch eine von ihnen sein könnte, nur einen kleinen Moment – von da oben hatte man bestimmt einen guten Ausblick. Sie würde über den See schweben und nach Terry Ausschau halten.
Alice fragte sich, was sie nun tun sollte. Das Tipi war zerstört. Selbst wenn sie es wieder aufbaute, würde der nächste Sturm es erneut auseinanderreißen und die Zweige in alle Himmelsrichtungen verstreuen.
Bis zur Hütte auf der anderen Seite der Insel war es gar nicht so weit. Man musste nur quer durch den Wald gehen, die Dunkelheit meiden und aufpassen, dass man sich nicht verlief. Terry würde sie schon finden, wenn er zurückkam. *Wenn* er zurückkam.
Die Gänse schlugen plötzlich Krach und erhoben sich, panisch mit den Schwingen schlagend, in die Lüfte. Schon im nächsten Moment flogen sie über Alice hinweg: Galten die Alarmschreie ihr? Sie wollte aufspringen, aber ihr rasend schnell klopfendes Herz ließ sie doch lieber in ihrem Farnversteck bleiben.

Was war los?
Deutlich hörte sie ein Rascheln, und als sie in die Richtung blickte, aus der es kam, sah sie, dass sich das Schilf auf der anderen Seite des Baches bewegte.
Vielleicht nur der Wind, der durch die hohen Gräser streifte? Aber sie ahnte, dass es keine Bö war, nein, eigentlich wusste sie es. Da drüben schlich etwas Großes durch das Gebüsch. Welches Tier jagte den Gänsen solche Angst ein?
Gab es Wölfe hier? Einen Bären?
Wieder schwankten die Schilfrohre, es knackte … Und Alice hörte das Knurren, das sie schon einmal vernommen hatte.
Sie drehte sich auf den Bauch und umarmte Terrys Rucksack. Ihr Körper presste sich automatisch so dicht wie möglich an die feuchte Erde, und Alice spähte zwischen den Gräsern und Blättern hindurch.
Es wurde still. So still, dass sie ihren eigenen Atem hören konnte.
Auf einmal erkannte sie braungelbes Fell – das Tier wanderte langsam am Bach entlang, als würde es nach Beute Ausschau halten.
Es entfernt sich, versuchte sie sich zu beruhigen. Es geht weg.
Sie musste nur ein bisschen warten. Das Tier hatte sie nicht gesehen.
Dann sprang plötzlich ein Laut aus ihrer Kehle. Ein Hicksen. Ein Schluckauf, wie sie ihn manchmal bekam, wenn sie beunruhigt war. Das Geräusch schien ihr das einzige

weit und breit zu sein. Alice presste die Hand auf den Mund, hielt die Luft an.
Das Tier kam aus dem Schilfdickicht hervor, hob den Kopf und nahm Witterung auf. Dann drehte es sich in aller Seelenruhe zu ihr um.
Sie blickte in ein Raubkatzengesicht, in wilde, aufmerksame Augen, und sie spürte, wie sich die Härchen auf ihren Armen aufrichteten. Ihr Puls raste, etwas rauschte in ihren Ohren, und in ihrer Wunde fühlte sie ein schmerzhaftes Ziehen.
Immerhin lag noch der Bach zwischen ihnen.
Wie weit konnte ein Puma springen?

28

Terry erwachte davon, dass ihn jemand packte und aus dem Bett zerrte. Er krachte nach unten, japste vor Schreck nach Luft, wollte schreien, aber ein schweres Gewicht schob sich auf ihn, und eine Hand umklammerte seine Kehle.
Als er die Augen aufriss, erkannte er den Pater über sich.
»Du willst immer noch Widerstand leisten?«, brüllte er. »Es reicht dir wohl nicht, dass du deine Schwester ins Unglück gestürzt hast?«

Terrys Körper erstarrte. War das einer von seinen Alpträumen? Doch der Druck um seinen Hals ließ nicht nach, er bekam keine Luft mehr. Wie im Reflex schoss seine Faust nach oben und traf den Mann an der Schläfe. Einen Moment lockerte sich der Griff, und Terry strampelte, trat und boxte, entwand sich dem Angreifer und stieß ihn mit aller Kraft von sich.

Der Pater fiel mit einem dumpfen Geräusch zur Seite.

Sofort sprang Terry auf die Beine, schwankte einen Moment und hielt nach John Ausschau. Er hörte einen erstickten Schrei, und dann glaubte er seinen Augen nicht zu trauen: John lag halb auf seinem Bett, halb kniete er davor. Seine verbrannten Arme waren auf dem Bettzeug ausgestreckt, als würde er sich ergeben. Die Rabenfrau schwang einen Gurt durch die Luft. Das pfeifende Geräusch fuhr Terry durch den Leib, die Erinnerung kam wie ein Blitz zurück.

»Dir werde ich Manieren beibringen! Und glaub ja nicht, dass der Brief, den du rausschmuggeln wolltest, deine Eltern erreicht hat!« Ihre Stimme kreischte, schlug zusammen mit dem Riemen auf den Jungen ein. »Du undankbares Balg! Du elender Wurm! Ausgeburt der Hölle!« Mit jedem Schlag brüllte sie eine neue Beschimpfung.

»Lassen Sie ihn! Er ist verletzt!«, schrie Terry entsetzt.

Das Gesicht der Nonne war wutverzerrt. Sie schien ihn gar nicht zu hören.

Wie in Trance ging er auf sie zu. »Lassen Sie ihn«, wiederholte er ruhig, als müsste er einen aggressiven Hund besänftigen. »Sonst …« Er streckte die Hand aus – nach ihr oder nach dem Gurt, er wusste es selbst nicht so genau.

»Sonst was?« Die Rabenfrau hielt inne und blickte ihn herausfordernd an. »Willst du mir etwa drohen, Nummer 12?«

Terry schüttelte den Kopf und ließ die Hand sinken. »Sonst bringen Sie ihn um. Sehen Sie nicht, dass sich seine Wunden entzündet haben? Er muss sofort ins Krankenhaus!«

John sah noch übler aus als am Abend zuvor. Die Arme waren feuerrot und wirkten wie aufgepumpt. Die Spuren der Schläge begannen sich deutlich auf seiner Haut abzuzeichnen. Er atmete heftig, er keuchte, als würde er unter Schock stehen.

»Na, offenbar ist er ja noch nicht krank genug, um deine Riemen zu lösen«, sagte die Nonne höhnisch.

»Ich konnte nicht schlafen. Er hat mir nur geholfen!«

John rutschte auf den Boden und stöhnte leise.

Terry war mit einem Satz bei ihm und versuchte ihm aufzuhelfen. Aus den Augenwinkeln bemerkte er den Pater, der sich mühsam aufrappelte und schnaubend auf ihn zuhumpelte. Wollte der Mann ihn erneut angreifen? Terry spannte die Muskeln an.

»Pack mit an!«, befahl der Pater. »Ich nehme die Füße!«

Terry zögerte kurz, dann nickte er, griff unter Johns Achseln und hob ihn vorsichtig hoch.

Der Pater schnaufte laut, als er die Knöchel des Verletzten packte, er jammerte und ächzte, obwohl John White Fox nicht gerade ein Schwergewicht war. Im Gegenteil, der Junge wirkte mager und kindlich.

Terry schämte sich plötzlich. Er hätte es wissen müssen. Er hätte nicht zulassen dürfen, dass John seine Fesseln löste und sich für ihn in Gefahr brachte. Er hätte sich niemals darauf verlassen dürfen, dass John nicht einschlief.
Das Gesicht des Paters war dunkelrot angelaufen, und er hustete und keuchte immer noch. Terry fragte sich, wann er sich rächen würde für den Schlag, den er ihm verpasst hatte. Aber der Mann blickte auf einmal besorgt auf John hinab. »Sieht nicht gut aus. Sieht *wirklich* nicht gut aus«, murmelte er vor sich hin. »Noch eins können wir nicht gebrauchen.«
»Noch ein *was*?«, fragte Terry.
Der Pater antwortete nicht. Und Terry wusste auch so, wovon die Rede war. Er dachte an den Friedhof, an die vielen weißen Kreuze. Noch ein Kind, das einfach so verschwand.

29

Die Augen des Pumas leuchteten bernsteinfarben. Alice hörte sein leises Fauchen. Sie rührte sich nicht. Sie wusste, dass sie nicht weglaufen durfte, dass sie keine Chance hatte, wenn sie es versuchte.
Noch immer hielt sie die Luft an, presste sich die Faust, die Fingerknöchel gegen die Lippen. Doch irgendwann musste sie wieder Atem schöpfen …

Das Hicksen, das aus ihrem Mund schlüpfte, war nicht besonders laut. Die Raubkatze sah dennoch zu ihr hinüber, die Ohren bewegten sich. Der Schwanz schlug in das Schilfgras, so dass es knisterte und knackte.
Überlegte der Puma, ob Alice eine lohnende Beute wäre? Was sollte sie tun? Warum hatte sie sich keinen Speer gebaut? Oder in der Hütte nach einem Messer gesucht? Es gab bestimmt Waffen dort.
Stattdessen war sie einfach losgelaufen – ohne sich irgendwelche Gedanken zu machen.
Vielleicht war der Fischer aus der Hütte ja dem Puma zum Opfer gefallen? Auf einer kleinen Insel wie dieser gab es bestimmt nicht allzu viel Nahrung für ein ausgewachsenes Raubtier.
Alice holte so tief Luft, wie sie nur konnte. Ihr wurde ein wenig schwindlig dabei, aber sie hielt durch. Schließlich schien der Schluckauf verschwunden zu sein, und sie atmete kaum hörbar aus. Doch die Raubkatze knurrte drohend und duckte sich, als würde sie zum Sprung ansetzen. Sie nahm jeden noch so leisen Laut wahr! Und sie witterte Alice! Witterte ihren Schweiß, ihre Angst, witterte, dass sie sich nicht wehren konnte!
Mit einem Mal war ein leises Summen in der Luft. Flügel schlugen rhythmisch.
Alice glaubte ihren Augen nicht zu trauen, als sie die Gänse sah. Im Sturzflug sausten sie heran und landeten auf dem Wasser. Sie glitten direkt an dem Puma vorbei, als wollten sie ihn einladen, sie zu jagen.

Das Tier brüllte plötzlich – Alice sah vier spitze Reißzähne aufblitzen. Es warf einen kurzen Blick in ihre Richtung und knurrte drohend zu ihr hinüber. Alice spürte ihr Herz bis in ihre Wunde pochen. Der Puma lief am Ufer den Gänsen nach, spannte seine Muskeln an, aber er sprang nicht.
Alice beobachtete, wie er sich immer weiter von ihr entfernte. Langsam schob sie sich rückwärts, durch Schilf und Gebüsch. Der See fiel ihr ein. Er war so nah, dass sie ihn riechen konnte. Sie würde einfach zurück zur Hütte *schwimmen*. Die Raubkatze schien nicht besonders wild darauf zu sein, ins Wasser zu springen. Und wenn Alice eine Weile im See blieb, würde das Tier ihren Geruch sicher nicht so gut wahrnehmen können und ihre Spur verlieren. Oder? In Wahrheit hatte sie keine Ahnung, ob das Tier sie verfolgen würde oder nicht.

Alice atmete auf, als sie den *Black Lake* erreichte. Immer wieder hatte sie sich umgesehen, die Sinne angespannt bis zum Zerreißen. Neben ihr raschelte es, und sie schrak zusammen. Doch es war nur eine Eidechse, die im Laub verschwand.
Der Puma war ihr nicht gefolgt, wie es aussah, aber sicher war sich Alice nicht.
Nach ein paar Metern fand sie eine geeignete Stelle, um in den See zu gelangen. Weit herabhängende Äste gaben ihr Sichtschutz. Sie sah Sand und Muscheln, nur wenig Schlamm bedeckte den Boden. Als sie knietief im Wasser stand, riss sie einige handtellergroße Rindenstücke von

dem Baum, pflückte ein paar lange Schilfblätter und baute konzentriert ein Floß für ihre Sachen – so wie früher, wenn sie mit Terry am See im Reservat gespielt hatte. Sie zog ihr Hirschlederkleid aus, umwickelte das Buch damit und stopfte ihre Habseligkeiten in den Rucksack. Schwimmend zog sie ihn auf dem Floß hinter sich her. Gleichmäßig, mit langsamen, kraftvollen Bewegungen glitt sie in der Nähe des Ufers durch das Wasser. Sie lauschte auf jedes Geräusch und versuchte selbst, möglichst leise zu sein. Der Wind rauschte, die Vögel zwitscherten, ab und zu sprang ein Fisch aus dem Wasser und platschte zurück – nichts wies auf eine Gefahr hin. Natürlich wusste sie, dass ein Puma völlig lautlos im Dickicht auf eine Beute lauern konnte. Aber sie vertraute dem Großen Geist, Kitchi Manitou, der die Gestalt von allem annehmen konnte, auch von Tieren. Sie dachte an die Gänse, die sie gewarnt und womöglich gerettet hatten. Wieso waren sie zurückgekehrt? Warum auch immer – sie hatten sie beschützt. So unwahrscheinlich ihr das auch vorkam, sie fand keine andere Erklärung.
An der Landzunge machte sie eine Pause, ihre Zähne klapperten, sie zitterte am ganzen Körper. Triefend nass, mit eiskalten Händen suchte sie trockenes Holz zusammen, schichtete es auf, legte Steine um die Stelle und opferte zwei der Streichhölzer.
Erschöpft starrte sie in die Flammen, erschöpft und dankbar, dass sie es geschafft hatte. Das Feuer wärmte sie und vertrieb die Mücken. Immer wieder fielen ihr die Augen zu, doch sie zwang sich, wach zu bleiben. Die Vorstellung,

noch einmal in das kalte Wasser zu steigen, ließ sie noch müder werden.
Nein, sie würde laufen … dicht am See entlang … falls sie doch noch hineinspringen musste. Der Puma konnte schwimmen, aber sie war sich einigermaßen sicher, dass er wasserscheu war. Er hatte die Gänse im Bach nicht angegriffen – vielleicht wusste er aber auch einfach, dass sie wegfliegen würden?
»Und Littlebird kann nicht fliegen«, murmelte sie vor sich hin. »Littlebird ist aus dem Nest gefallen. Und was passiert mit Küken, die aus dem Nest fallen? Sie werden gefressen, was sonst.«
Sie würde ihre Mutter nie wiedersehen, sie würde ihren Vater nie wiedersehen. Ihre Großmutter würde im Sommer umsonst auf sie warten. Und ihre kleinen Geschwister hatten sie bestimmt schon längst vergessen. Und Terry … Er war … einfach … verschwunden. Sie würde auch ihn *nie wiedersehen*.
Alice schluchzte laut. Sie sprang auf, packte den Rucksack und marschierte Richtung Wald. Ein Schwarm Mücken stürzte sich auf sie, als hätten sie nur auf ihr Erscheinen gewartet. Alice schlug wild um sich und rannte los. Sie kämpfte sich durch stachliges Gesträuch, ohne darauf zu achten, dass die Dornen ihr die Haut aufrissen. Ganz in ihrer Nähe hörte sie Äste knacken. War das der Puma?
Sie lief einfach weiter, achtete weder auf die Geräusche des Waldes noch auf den Schmerz in ihrem Oberschenkel und auch nicht auf ihr wummerndes Herz. Sie erschrak nicht

vor den Vögeln, die direkt vor ihr aufflogen. Die Kratzspuren am Stamm eines Ahorns – eindeutig von Krallen – streifte sie nur mit einem Blick. Sie lief am Waldrand entlang, orientierte sich am See und versuchte, ihn im Auge zu behalten, auch wenn sie durch das Dickicht aus Schilf und Büschen das Wasser kaum noch sehen konnte.
Abgehetzt japste sie nach Luft. Hin und wieder schluchzte sie, aber sie weinte nicht. Auf ihrer Zunge lag ein salziger Belag, ihre Kehle brannte, als würden die Tränen nach innen fließen.
Als die Hütte endlich in ihrem Blickfeld auftauchte, warf sie sich keuchend auf den Boden und spähte aus dem Unterholz zu ihr hinüber. Irgendetwas erschien ihr anders an dem Haus.
Alice zwang sich zur Ruhe, atmete langsam ein und aus. Eine große dunkle Libelle flog über sie hinweg, kehrte um und ließ sich auf ihrem nackten Knie nieder.
Alice kniff die Augen ein Stück zusammen, betrachtete die Hütte genauer, die Veranda, das Dach, die Holzbalken – und dann sah sie es: *Die Tür! Die Tür stand offen!*

30

Der *Black Lake* glitzerte in der Morgendämmerung. Terry stand nur etwa hundert Meter vom Ufer entfernt und hackte Holz. Immer wenn er Richtung See blickte, wurde ihm bewusst, dass Alice auf der anderen Seite war – in Freiheit, aber auch in Gefahr. Wartete sie noch auf ihn?

Mit beiden Händen hielt er das Beil gepackt und ließ es auf den Kloben, der auf dem Hackklotz lag, hinabsausen. Er wunderte sich, dass sie ihm für die Arbeit eine Axt überließen. Schließlich könnte er damit ein hübsches Loch in ihren hässlichen Zaun schlagen. Zwar saß auf der Treppe, die zur Kirche führte, eine junge Nonne und beobachtete ihn und die anderen arbeitenden Jungen, aber wie wollte sie ihn aufhalten?

Er hatte Schwester Margaret noch nie zuvor gesehen. Sie musste neu hier sein und wirkte ein wenig ängstlich, wie sie da hockte und zu ihnen hinüberstarrte. Sie hatte sich den Jungen vorgestellt, beinahe schüchtern, und ihnen geraten, vorsichtig zu sein. »Tut euch nicht weh.«

Terry hatte genickt und seine Verblüffung verborgen. Es war das erste Mal, dass eine Nonne sich besorgt um sie zeigte.

Die Tage wurden allmählich kühler, sie brauchten mehr Holz zum Heizen. Einige Jungen fällten Bäume, zusammen mit einem Arbeiter von der Farm, und transportierten sie mit einem Pferdewagen auf das Schulgelände. Vier Schüler

in Terrys Alter zersägten die Stämme, Bill Thunder Stone, der Älteste in der Gruppe, hatte die Aufsicht und gab den Jüngeren Anweisungen. Und zwei der Kleineren, denen die viel zu großen Arbeitshosen um die Beine schlotterten, brachten Terry die Kloben und schichteten die Scheite auf. Terry bedankte sich jedes Mal leise auf Cree bei ihnen.
Die beiden, die vielleicht sechs oder sieben Jahre alt waren, lächelten vorsichtig und warfen ängstlich prüfende Blicke zu ihrer Aufpasserin – doch die Nonne saß zu weit weg und hörte ihn nicht.
Die Frühstückspause verbrachten sie an ihrem Arbeitsplatz statt im Speisesaal. Die Köchin und zwei Schülerinnen brachten ihnen die Teller nach draußen. Es gab pappiges Weißbrot mit einer Scheibe Wurst, die nach nichts schmeckte, und einen kleinen Apfel für jeden.
»Tut mir leid, Jungs«, sagte die Frau. »Die Lebensmittellieferung kam gestern nicht. Keine Ahnung, was da wieder los ist.« Sie seufzte.
Terry aß den Apfel ganz – samt den Kernen, die ein wenig bitter waren, und dem Stiel, auf dem er wenigstens eine Weile herumkauen konnte – und dachte wieder an seine Schwester. Hatte sie genug zu essen? Ging es ihr gut?
»Bist du nicht der Bruder von dem Vogelmädchen?«, fragte die Köchin unvermittelt.
Terry zuckte zusammen, als hätte sie ihn bei etwas Verbotenem ertappt. Er nickte zögernd.
»Ich bin Elisabeth. Elli. Hat deine Schwester nicht von mir erzählt?«

Noch ehe Terry antworten konnte, winkte sie ab. »Wahrscheinlich nicht.« Sie lachte. »Und wo ist unser Vögelchen jetzt?« Sie warf ihm einen forschenden Blick zu, der ihn zu durchbohren schien.

»Schon gut«, sagte sie.

Die junge Nonne kam angelaufen und musterte Terry besorgt. »Gibt es ein Problem mit ihm?«, fragte sie die Köchin.

»Nein, wir unterhalten uns nur. Und gerade wollte ich ihn fragen, warum die Jungs, die hier schuften, keine Handschuhe tragen. Das wäre doch das Mindeste. Oder wollen Sie, dass die Kinder im Krankenhaus landen?«

»Na... natürlich nicht«, stotterte Schwester Margaret und riss die Augen weit auf.

Terry sah, dass sie leicht schielte – wie der Waschbär, den er einmal im Hühnerstall auf der Farm angetroffen hatte. Seine Augen hatten groß und unschuldig geglänzt und in verschiedene Richtungen geblickt.

»Dann wäre es doch das Beste, wenn Sie Handschuhe für die Kinder organisieren, bevor sie weiterarbeiten.«

Die Nonne schwieg. Sie blickte verunsichert zu den Jungen, die mit schmutzigen Händen und Gesichtern die Reste ihres Frühstücks in sich hineinschlangen.

»Ich passe so lange auf«, sagte Elisabeth. »Keine Sorge.«

»Ist gut.« Schwester Margaret flüsterte fast. »Sie haben ja recht. Ich werde mich sofort darum kümmern.«

»Danke.« Elisabeth lächelte breit.

Die junge Nonne stolperte verwirrt davon.

»Sie sieht aus wie ein Waschbär«, sagte Terry auf Cree, und

die Jungen um ihn herum lachten. Nur Bill Thunder Stone, der Junge mit den abstehenden Ohren, verzog keine Miene.
»Ich glaube, sie ist schon in Ordnung«, meinte die Köchin. »Junges Ding, unerfahren, aber in Ordnung. Seid nett zu ihr, dann wird sie euch nett behandeln.« Sie griff plötzlich nach Terrys Arm und zog ihn ein Stück mit sich. »Also … wo steckt das Vogelmädchen? Und wie geht es ihr?«
Terry wollte sich von ihr losmachen, aber es gelang ihm nicht. »Sie denken, dass meine Schwester ertrunken ist«, sagte er matt.
»Das ist mir schon klar, aber …« Elisabeth ließ ihn los und stieß ihm ihren Ellenbogen leicht in die Rippen. »Wir beide wissen es besser, oder?«
Terry schluckte überrascht. Wollte sie ihn aushorchen? Hielt sie ihn für so dumm? Oder machte sie sich wirklich Sorgen?
»Du musst mir ja nicht sagen, wo sie sich aufhält«, murmelte sie leise. »Nicht genau jedenfalls. Nur … Ist Alice in Sicherheit?«
Terry blickte zu den anderen hinüber. Einige starrten ihm neugierig nach. Der Junge mit den abstehenden Ohren war auch dabei. Terry wusste, dass er ein Halbblut und sein Vater ein Weißer war. Aber Bill sprach nie über seine Eltern. Er redete überhaupt wenig – und er benutzte nur die englische Sprache. Sein Blick war finster. Was hatte er für ein Problem? Terry gehörte nicht zu denen, die ihn verspotteten.
Elisabeth räusperte sich. »Geht es deiner Schwester gut, wo immer sie ist?«

»Ich hoffe«, antwortete er knapp.

»Du weißt es nicht? Oder du willst es mir nicht sagen?«

Terry blickte auf den See hinaus, der hinter dem Draht lag, der ihn von der Freiheit trennte. Konnte er der Frau trauen? Er kannte sie ja nicht einmal.

»Ich muss schon sagen, dass ich ein paar schlaflose Nächte hatte wegen der Kleinen«, fügte Elisabeth hinzu.

Terry lauschte in ihre Stimme hinein. Sie klang echt. Traurig, als würde sie gleich weinen. Ängstlich. Besorgt. Aber er musste vorsichtig sein.

Zwei Gänse flogen über den See, ihre Rufe schallten über den Dächern der Internatsschule. Terry sah zu ihnen auf.

»Ich weiß, wo ihr euch getroffen habt. Im Keller … im Heizungsraum … Ich habe sie gehen lassen. Ich fühle mich mitverantwortlich, verstehst du?«

Als er nicht antwortete, seufzte sie tief.

»Sie ist auf der anderen Seite«, sagte Terry schließlich.

»Auf der anderen Seite?«

Er nickte und hoffte, dass sie nicht weiterfragte. Notfalls würde er behaupten, seine Schwester sei bei Gott.

Aber die Frau zuckte nur mit den Schultern. »Was immer das bedeuten mag.« Sie holte tief Luft. »Ich wünschte, ich könnte etwas tun.«

Terry blickte in den Himmel hinauf. Die Gänse waren verschwunden.

Dann fiel ihm plötzlich etwas ein. »Wenn Sie helfen wollen … Wenn Sie *wirklich* helfen wollen …«

»Ja?«

»Es gibt da einen Jungen, der ist verletzt. Er hat sich verbrannt, und die Wunden heilen einfach nicht.«
»Tut mir leid, aber ich bin keine Krankenschwester.«
»Ich weiß. Aber … John … Er müsste ins Krankenhaus.«
»Da ist er bestimmt nicht der Einzige. Ich fürchte, hier sind so einige, die nicht ganz gesund aussehen.«
Terry nickte. »Es sind nicht nur seine Verbrennungen«, erklärte er zögernd. »Er ist geschlagen worden. Mit dem Gurt, weil er … mir geholfen hat, meine Fesseln zu lösen, und … weil er seinen Eltern geschrieben hat. Aber der Brief wurde abgefangen und er bekam den Riemen als Strafe … John hat aufgehört zu reden. Er hat einfach mit allem aufgehört. Er atmet noch, das ist alles. Ansonsten liegt er auf dem Bett und starrt an die Decke.«
Elisabeth strich sich über die Arme, als wäre ihr auf einmal kalt. »Ist gut«, murmelte sie. »Ich muss sehen, was sich machen lässt.«

31

Im Schutz des Uferdickichts schlich Alice sich näher an die Hütte heran. War der Bewohner zurückgekehrt? Sie ließ die Tür nicht aus den Augen. Aber nichts rührte sich.

Ihr Blick wanderte über die mit Spinnweben verhangenen Fenster zum moosbewachsenen Dach hinauf, bis zum Schornstein. Es stieg kein Rauch auf. Alles sah wie zuvor aus, nur dass die Tür einen Spaltbreit offen stand. Vielleicht hatte sie einfach vergessen, sie zu schließen?

Alice versuchte sich zu erinnern, doch es fiel ihr nicht ein. Wie eine Eidechse, die den schützenden Unterschlupf verlassen hat, drang sie weiter vor. Sie musterte jeden Gegenstand auf der Veranda: die rostige Tonne, die Gießkanne, die wie weggeworfen herumlag, die Forke, die an der Hauswand lehnte. Es sah nicht so aus, als würde etwas fehlen, und es war nichts Neues hinzugekommen. Oder doch?

Sie kroch durch die hüfthohen Goldruten, die üppig an der rechten Seite des Blockhauses wuchsen. Jetzt konnte sie die Tür allerdings nicht mehr sehen. Also gab sie die Deckung auf und lief schnell bis zur Hütte.

Eine Weile stand sie hinter der geöffneten Tür und lauschte. Nichts. Niemand da!

Sie lachte stumm über ihre Angst. Es gab keinen Grund für Panik. Das Haus versprach Sicherheit. Es gab ihr ein Dach über dem Kopf, Wärme, sogar Decken, auch wenn die dreckig und staubig und manche von Motten zerfressen waren. Sie würde sie im See waschen, in der Sonne trocknen lassen und auf ihren Bruder warten.

Als sie aus dem Wald ein Knacken hörte, sprang sie mit einem Satz in die Hütte hinein. Sie blickte durch den Türspalt und sah einen kleinen Hirsch mit weißem Schwanz davonrennen und zwischen den Goldruten verschwinden.

Alice atmete auf und drehte sich um.
Ein gelb-schwarzes Insekt surrte an ihr vorbei. Sie folgte ihm mit den Augen und sah, wie es sich auf dem Rand einer Schale niederließ. Es war eine Wespe, und sie zog einen Flügel nach. Sie rutschte von dem glatten Gefäß ab und krabbelte lahm über den Tisch.
Müde ließ sich Alice auf einen klapprigen Stuhl fallen, als ihr plötzlich etwas auffiel – es duftete süß und appetitlich. Zu süß, zu appetitlich.
Eine Gänsehaut zog über ihre Arme. Die Schüssel! Die Beeren waren frisch! Jemand musste sie gepflückt, auf den Tisch gestellt und davon gegessen haben.
Wer?
Alice zog die Beeren zu sich heran, als könnte sie Spuren entdecken.
Ein jäher Schmerz im Daumen ließ sie aufschreien. Sie stieß die Schale von sich und sprang hoch. Die blöde Wespe hatte sie gestochen!
Die blauen Beeren kullerten über den Tisch, fielen hinunter und rollten über den Boden.
Alice schimpfte vor sich hin, als sie auf einmal ein Geräusch aus dem Raum nebenan hörte. Es klapperte laut, dann knallte etwas. Das Fenster? Schritte. Jemand lief davon. Vor ihr?
Was war hier los?
Der Schmerz in ihrem Daumen ließ sie alle Vorsicht vergessen, trieb sie in das andere Zimmer. Hektisch blickte sie sich um. Eine fleckige Decke lag neben dem Bett. Das

Fenster stand weit offen, und der Wind wehte ein paar Blätter herein.
Alice hielt sich hinter einer zerschlissenen Gardine verborgen und spähte in den Wald. Es war niemand zu sehen, oder? Da entdeckte sie ein blau-rot gemustertes Stück Stoff, ein Hemd, das sie schon im Schrank gesehen hatte und das mit seinem Träger gerade zwischen zwei Bäumen verschwand. Der Fischer? Aber warum lief er vor ihr davon?
Vielleicht war das nur ein Täuschungsmanöver, und wenn sie sich sicher fühlte, kehrte er zurück?
Ihr Daumen schwoll an, und sie spürte Stiche unter der Haut, als wäre die Wespe in sie hineingekrochen und würde von innen weiter zustechen. Alice musste die Hand kühlen, musste so schnell wie möglich zum See.
Aber konnte sie das Haus verlassen? Vielleicht jagte der Unbekannte in einem Bogen um die Hütte herum und lauerte hinter der Tür auf sie? Während Alice nervös an der Einstichstelle herumlutschte, die inzwischen ganz heiß geworden war, lief sie zu dem schiefen Küchenschrank und riss die Schublade auf. Die meisten Messer waren stumpf und rostig. Endlich fand sie eines, das spitz und scharf aussah, auch wenn es nicht besonders lang war.
Als sie die Tür aufschob, schloss sie für einen kurzen Moment die Augen und konzentrierte sich auf die Geräusche. Es war nichts zu hören, nichts Besonderes. Das leise Tschilpen der Vögel, das Summen und Surren von Insekten, ein Knacken im Gehölz, raschelnde Blätter. Ein Mensch machte mehr Krach.

Es sei denn … *Es sei denn?*
Alice hatte keine Zeit, darüber nachzudenken, wer so leise sein konnte, dass sie *ihn* oder *sie* nicht hörte. Ihr Daumen schwoll immer mehr an, sie konnte ihn kaum noch bewegen. Der See … Sie musste einfach nur weitergehen … geradeaus …
Etwas bewegte sich zwischen den Goldrutenbüscheln. War der kleine Hirsch noch da?
Nur aus den Augenwinkeln sah sie hinüber. Vielleicht verschwand die Gefahr, die dort lauerte, wenn sie einfach so tat, als wäre alles in Ordnung?
Es überraschte sie kaum noch, als sie das Knurren hörte. Das Geräusch aus der Kehle eines Raubtiers.
War es ihr gefolgt? Musste sie jetzt sterben? Wegen einer Wespe?
Zwischen den Goldruten stand der Puma und starrte Alice an. Dann kam er langsam aus dem Gebüsch und trabte ohne große Eile auf sie zu.

32

»Ich hab dir was mitgebracht«, sagte Terry. »Sie ist vom Himmel gefallen, und ich habe sie aufgefangen.«
John lag auf dem Bett, die verbundenen Arme auf der

Decke, und hatte die Augen geöffnet; er schlief nicht, aber er wirkte auch nicht wach. Er blickte vor sich hin und schwieg.

»Schau her. Es ist eine Feder, scheinbar nichts Besonderes, also nicht einmal von einem Adler, sondern von einer Gans. Die Gänse fliegen jeden Tag über den *Black Lake*. Mir ist, als würde ich die Vögel schon kennen.«

Terry verriet nicht, dass er die Gänse getroffen und um Hilfe für Alice gebeten hatte, als er geflohen war. Auch wenn John ihn womöglich gar nicht hörte oder ihn nicht wahrzunehmen schien – dieses Geheimnis behielt Terry lieber für sich.

»Diese Feder ist so unglaublich weich … Als würde sie leben … Willst du sie mal anfassen?«

Terry lauschte in das Schweigen seines Freundes hinein.

»Vielleicht hat die Gans sie absichtlich abgeworfen, vielleicht wollte sie ein Zeichen senden. Verstehst du, was ich meine?«

John blieb bewegungslos und starr. Seine Augen sahen glasig aus, als wäre er in einer anderen Welt.

»Na ja, ich verstehe es selbst nicht so genau«, sagte Terry mehr zu sich selbst. »Wie es scheint, ist es ja normal, hier so langsam durchzudrehen. Nicht, dass ich dich damit … Also … Wie geht es dir heute?«

John antwortete nicht. Und auch als Terry sich über ihn beugte und die Frage leise auf Cree wiederholte, kam nichts zurück. Aber er wollte nicht aufgeben. Irgendwann würde John zurückkehren aus dem Land des Schweigens. Keinesfalls würde Terry aufgeben.

»Was machst du denn schon wieder hier?«, rief Schwester Beatrice, die mit einem Teller Kekse hereinkam.
»Ich schaue nach meinem Freund.«
Die Nonne seufzte und murmelte vor sich hin. Ihre Blicke drückten unverhohlen Verachtung aus, aber in ihren Bewegungen lag auch eine müde Gleichgültigkeit. »Du lässt dich nicht vertreiben, was?« Sie lachte, und es klang beinahe anerkennend. Mehrmals hatte sie versucht, Terry aus der Krankenstation zu werfen, wenn auch nicht mit allzu großem Nachdruck. Schließlich nahm er ihr Arbeit ab: Kranke Kinder zu beaufsichtigen, kostete Zeit und Mühe.
»Hast du wenigstens den Raum gewischt, so wie ich es dir aufgetragen habe?«
»Ja, Schwester.« Er deutete auf den Eimer neben Johns Bett, den Lappen, den er sorgfältig ausgewrungen hatte, und seine nassen Knie.
»Auch die Ecken?«
»Ich war in jedem staubigen Winkel.«
»Nun gut, ich werde das später kontrollieren, Nummer 12!«
Terry stahl sich so oft wie möglich in die Krankenstation. Die Schwestern hatten es beinahe aufgegeben, ihn zu vertreiben. Sie behandelten Johns Arme mit der stinkenden Paste, verbanden ihn und flößten ihm Brei, Wasser und Schmerztabletten ein. Da John nicht mit ihnen redete, verloren sie kaum ein Wort, wenn sie bei ihm waren. Sie behandelten ihn wie einen defekten Gegenstand, der notdürftig repariert werden musste.
»Na schön, vielleicht kannst du deinen Freund ja dazu be-

wegen, dass er wieder mit uns spricht«, sagte Schwester Beatrice, die zu den älteren Nonnen hier gehörte und blass und runzlig aussah und meist griesgrämig wirkte, und bot ihm einen von ihren Keksen an.

Terry nahm ihn und knabberte wie eine Maus daran herum. Er knackte zwischen seinen Zähnen.

»Der ist gesund«, sagte sie. »Er enthält viele Vitamine. Ihr solltet dankbar sein, dass Gott es so gut mit euch meint und euch vor Krankheiten schützt.«

Terry fragte sich, ob vielleicht Gott die Kekse gebacken hatte, und unterdrückte gerade so ein Grinsen. Dieses komische Gebäck, das den Kindern täglich verabreicht wurde, wie Medizin, war staubtrocken und schmeckte nach nichts. Er aß es so langsam wie möglich.

»Du solltest zurück an die Arbeit gehen«, sagte Schwester Beatrice ungeduldig. »Ich kümmere mich schon um deinen Freund.«

In aller Ruhe wischte sich Terry zwei, drei Krümel von der Kleidung und blieb noch eine Weile sitzen, während die Nonne mit ruppigen Bewegungen begann, John den Verband abzunehmen.

»Ich verstehe nicht, warum die Wunde nicht endlich mal heilt«, sagte sie mehr zu sich selbst. »Manchmal kommt es mir so vor, als würde der Junge das mit Absicht tun.«

In Terrys Bauch entstand ein Grummeln, als hätte er etwas Verdorbenes gegessen. Das unangenehme Gefühl stieg langsam höher, wanderte durch die Brust, den Hals hinauf und formte sich in seinem Kopf zu einer patzigen Entgegnung. *Vielleicht liegt es ja an euren Schlägen? Oder daran, dass ihr ihn von seinen Eltern fernhaltet?* Doch Terry hielt sich zurück. Er musste irgendwie auskommen mit den Schwestern hier, wenn er John weiter besuchen wollte.

»Womöglich wäre es ja doch besser, er käme ins Krankenhaus«, meinte er nur.

Die Nonne runzelte die Stirn. »Gott, der Herr, wird für ihn sorgen. Du solltest für den Jungen beten, statt dich ständig in Sachen einzumischen, die dich nichts angehen! Bete, dass Gott, unser aller Retter, seine schützende Hand über deinen Freund hält. Und jetzt verschwinde, und zwar ein bisschen plötzlich!«

So langsam, als hätte er Gewichte in den Taschen, stand Terry auf. Täuschte er sich, oder blinzelte John ihm zu?

Terry lächelte und schwang die braune Feder, als hätte er heilige Kräuter verbrannt. Er sah seine Großmutter, die den Rauch des brennenden weißen Salbeis mit einer Adlerfeder verteilte, um das Böse abzuwehren. Es kam ihm vor, als würde ihm der altbekannte Duft in die Nase steigen.

Auch John atmete tief ein und wandte sich ihm mit einer kaum wahrnehmbaren Bewegung zu. »Lass sie hier«, flüsterte er.

Terry blickte ihn erstaunt an.

»Die Feder«, sagte John etwas lauter.

»Kommt nicht infrage. Die ist bestimmt voller Keime«, entgegnete Schwester Beatrice. Doch dann stutzte sie. »Er spricht ja wieder.«

Terry kümmerte sich nicht um sie und gab dem Freund die

Gänsefeder in die verbrannte Hand. »Sie gehört dir.« Johns Augen leuchteten für einen Moment auf.
Die Nonne runzelte die Stirn. »Das Ding ist schmutziges Teufelswerk! Und ich muss Nummer 76 einen neuen Verband anlegen!«
John schüttelte den Kopf. »Kein … Verband!«
Beatrice streckte die Hand nach der Feder aus.
»Sie haben recht, Schwester, da sind Keime dran«, sagte Terry schnell. »Vogelkeime. Fäkalien, genauer gesagt. Ich wäre an Ihrer Stelle vorsichtig. Uns macht ein bisschen Dreck nichts aus, Tiere begleiten uns ein ganzes Leben lang, also Leute meines Volkes, aber *Sie* könnten sich *infizieren.*«
Ihre Hand zuckte zurück, und die Nonne schüttelte sich.
»Das ist ja …« Sie sprang auf und machte einen Satz nach hinten. »… *unerhört*!«
Terry hob die Schultern. »Das ist die Natur. Die ist manchmal schmutzig. Der liebe Gott weiß, warum.«
Mit finsterer Miene musterte Schwester Beatrice erst John und dann Terry, ehe sie sich zurückzog. »Dein loses Mundwerk, Nummer 12, wird dir noch mal leidtun!« Hektisch bekreuzigte sie sich ein paarmal und murmelte etwas vor sich hin, als wollte sie sich vor den »Heidenkindern« schützen.
»Na, endlich«, sagte Terry, als die Tür sich schloss. »Die sind wir los.« Er lachte. »Und ich muss dir noch was sagen«, fügte er leise in ihrer Muttersprache hinzu. »Kennst du die Köchin? Elisabeth? Elli? Sie ist auf unserer Seite. Ich bin mir sicher, dass sie dir helfen wird.«

»Helfen?« Johns Stimme klang schwach. Es war, als würde er fragen, was das Wort zu bedeuten hatte.
»Ja. Sie wird dir helfen, nach Hause zu kommen.«
Terry war längst nicht so sicher, wie er tat. Aber John konnte wohl ein wenig Zuversicht gebrauchen.
»Du wirst nicht mehr lange hier sein«, setzte er noch hinzu. »Und ich auch nicht.« Er berührte vorsichtig Johns Hand, die sich heiß anfühlte. Hatte er Fieber?
Da hörte er ein knarrendes Geräusch. Mehr aus den Augenwinkeln nahm er eine Bewegung am Ende des Raums wahr. Ein Schatten huschte zur Tür hinaus.
Die Gestalt, die er für den Bruchteil einer Sekunde gesehen hatte, kam ihm bekannt vor.
Waren sie belauscht worden?
Einen Moment lang starrte er beunruhigt zum Ausgang. War das schon wieder dieser Bill gewesen? Konnte er ihnen gefährlich werden?

33

Wie festgefroren stand Alice ein paar Schritte von der Hütte entfernt und blickte dem Puma entgegen. Mit federnden Schritten kam er auf sie zu, tänzelte fast, als wäre alles nur ein Spiel. Dann blieb auch das Tier stehen, es fauchte leise und bleckte die Zähne. Sein Schwanz schlug in nervösem Takt auf die Erde und wirbelte staubigen Sand auf. Alice sah den Puma das erste Mal so nah, starrte ihm direkt in die wild leuchtenden Augen. Vielleicht war das nicht besonders klug, aber sie konnte nicht anders.

Er schien eher jung zu sein. Jedenfalls wirkte er dünn, noch nicht ausgewachsen. Aber trotzdem war er stark und groß genug, um sie anzufallen und zu fressen. Seine Muskeln und Sehnen waren angespannt. Gleich würde er springen.

Zögernd warf Alice einen Blick zum See hinüber. Das Ufer lag schon fast vor ihren Füßen. Sie hörte die Wellen an die Böschung schlagen und noch ein anderes Geräusch … ein Plätschern … Kamen die Gänse wieder? Doch dann bemerkte sie zwei dunkle kleine Köpfe: Biber. Emsig schwammen sie hin und her.

Wie gern hätte sie jetzt im Uferdickicht gehockt und sie beobachtet. Sie mochte diese Tiere, ihre pummligen Körper, ihre schwarzen Knopfaugen, die Art, wie sie tauchten. Der Puma jedoch schien sich für die Biber nicht zu interessieren, er starrte nur *sie* an. Er musste nicht ins Wasser, um zu jagen.

Alice verharrte regungslos. Mit der rechten Hand hielt sie das Messer umklammert. Doch die Zähne des Raubtieres kamen ihr viel spitzer und schärfer vor als ihre lächerliche kleine Waffe. Sie konnte nicht zurück ins Haus, und sie würde es auch nicht bis zum See schaffen. Es gab keinen Ausweg. Ihr fiel nicht ein, was sie tun sollte. Ihr Kopf war völlig leer.

Etwas raschelte in den Goldruten, und unwillkürlich reckte

Alice den Hals, sah es blau und rot zwischen den Stängeln aufleuchten. Sie taumelte ein Stück in Richtung Hütte zurück.

Der Puma fauchte plötzlich lauter und setzte zum Sprung an. Alice schrie erschrocken, das Tier flog direkt auf sie zu! Mit einer schnellen Drehung versuchte sie ihm auszuweichen. Die Pranken streiften ihre linke Schulter, und der Aufprall warf sie um. Das Raubtier war sofort über ihr, sein Gewicht drückte sie nieder. Alice schützte ihren Kopf und ihren Hals mit dem linken Arm, während sie mit der Kraft der Verzweiflung mit dem Messer zustach und mit beiden Beinen gleichzeitig gegen den Angreifer trat.

Alice hörte ein eigenartiges Zischen, und dann jaulte der Puma jäh auf. Blut tropfte ihr ins Gesicht. War sie verletzt? Hatte er zugebissen? Sie spürte rein gar nichts. Instinktiv kämpfte sie weiter gegen das Tier und nahm verwundert wahr, dass es von ihr abließ. Alice rappelte sich auf, der nächste Angriff war nur eine Frage der Zeit. Doch der Puma entfernte sich, stieß Schmerzenslaute aus und lief schließlich humpelnd davon.

Alice sah ihm ungläubig nach.

Und dann erst bemerkte sie es: Ein Pfeil steckte in seinem Hals! Wieder surrte etwas durch die Luft, knapp an ihr vorbei – ein zweiter Pfeil landete im Hinterlauf des Tieres. Alice wischte sich das Blut ab, das aus ihren Haaren tropfte und offenbar vom Puma stammte. Sie sah sich um und erkannte verschwommen einen hageren Menschen, der auf sie zukam. Sollte sie davonrennen?

Stattdessen ließ sie das Messer fallen und ging schnurstracks auf den See zu, begann zu laufen, ihre Füße wurden schneller und schneller, sie flog fast – und endlich, endlich landete sie im kalten Wasser.

Nach ein paar hektischen Zügen tauchte sie ein Stück. Dann kam sie wieder hoch, und es schien ihr, als würden sich Gewichte von ihrem Körper lösen. Doch wo sollte sie jetzt hin? Einfach auf den Horizont zu?

»Alice?«, hörte sie da plötzlich eine Stimme rufen. »Alice Littlebird!«

Träumte sie? Das konnte doch nicht sein ...

»Ich bin's! Erkennst du mich denn nicht?«

Ihre Füße suchten nach dem Grund des Sees. Als sie den schlammigen Sand unter sich fühlte, drehte sie sich um und starrte benommen in die blau-roten Karos, die auf sie zuschwammen und vor ihren Augen zu tanzen begannen.

»Shirley?«, fragte sie mit fast erstickter Stimme. »Bist du's wirklich?«

Das Wasser spritzte nur so zur Seite, als Shirley auf sie zukam. Im nächsten Moment spürte Alice zwei Arme, die sie hochrissen, und ihr Gesicht wurde beinahe grob an das nasse Flanellhemd gedrückt.

»Was machst du denn hier?«, fragte Shirley keuchend.

»Mich hat eine Wespe gestochen«, murmelte Alice verwirrt.

Shirley lachte und schluchzte gleichzeitig. »Alles okay mit dir? Du wurdest gerade von einem Puma angegriffen! Bist du in Ordnung? Lass mal sehen!« Sie hob Alice ein Stück an, als wäre sie nicht schwerer als eine Puppe, und begutachtete sie. »Deine Schulter hat einen Kratzer abbekommen. Sonst ist alles … Du hast irres Glück gehabt, würde ich sagen.« Vorsichtig setzte sie Alice wieder ab.

»Du … du …«, stammelte Alice leise, immer noch benommen und völlig fassungslos, »… du hast mich gerettet, Shirley.«

»Namid. Nenn mich bitte Namid. Shirley existiert nicht mehr. Sie ist in einem Eimer mit Seifenwasser ertrunken.«

Alice nickte langsam und ließ die Freundin nicht aus den Augen – als könnte sie sonst wieder verschwinden.

»Ist gut, Namid.«

Namid sah verändert aus. Ihre Schultern und Arme waren muskulös. Das schwarze Haar stand ihr wie ein wilder Busch vom Kopf ab. Ihr Gesicht war von Kratzern übersät, eine Narbe an der Schläfe rührte vielleicht von einem Kampf her. Ihre wachen, großen Augen leuchteten Alice an. »Was für ein Wunder, dass du hier bist.«

»Und für mich ist es ein Wunder, dass *du* hier bist!«

Als in ihrer Nähe etwas raschelte, zuckte Alice zusammen und hielt ängstlich Ausschau. Kam der Puma zurück? Sie fing an zu zittern, ihr ganzer Körper bebte plötzlich.

»Ist ja gut, schon gut.« Namid strich ihr sanft über den Rücken. »Kannst du laufen? Lass uns von hier abhauen.«

Aber Alice hörte sie kaum, bibbernd und mit den Zähnen klappernd blickte sie sich nach allen Seiten um. Schließlich entdeckte sie in einiger Entfernung einen der Biber im Schilfgras, sah seine großen gelben Zähne, die an irgendeinem Holz nagten.

»Er ist nicht mehr hier«, murmelte Namid beruhigend in ihr Ohr und stützte Alice. »Keine Sorge. Er ist auf und davon.«

Später saßen die Mädchen dicht beieinander am Lagerfeuer vor der Hütte, eine alte, muffig riechende Decke um ihre Körper geschlungen. Ein eigenartiges Glücksgefühl durchströmte Alice und ließ sie sogar ihre Schmerzen fast vergessen. Sie war nicht mehr allein! Namid hatte die Wunde an ihrer Schulter mit Heilkräutern versorgt und die geschwollene Hand mit kühlendem Schlamm behandelt. Alice lauschte der Geschichte ihrer Freundin und fühlte sich das erste Mal, seit sie auf der Insel war, beinahe geborgen.
»Ich hatte nicht mal ein Boot. Ich bin einfach drauflosgeschwommen. Bin immer wieder getaucht, wie eine Robbe. Unterwegs habe ich ein Brett auf dem Wasser entdeckt. Ich konnte mich eine Weile darauf ausruhen, und dann bin ich weiter.«
»Und du hast dir hier Pfeil und Bogen gebaut«, sagte Alice anerkennend und betrachtete die Waffe aus hellem Holz, die griffbereit neben Namid lag.
»Noch nicht gleich. Am Anfang hatte ich ständig Hunger, von den paar Beeren und Wurzeln wurde ich nicht satt. Dann bin ich bei einem meiner Streifzüge auf Beute gestoßen.«
»Auf Beute?«
Namid nickte. »Der Puma hatte einen großen Hirsch gejagt. Zu groß, um ihn ganz zu fressen. Die Fleischreste versteckte er unter Zweigen. Die habe ich gefunden. Da-

mals wusste ich noch nicht, dass ich einen Puma beklaue. Ich dachte erst, es wäre die Beute eines Schwarzbären oder eines Wolfs. Beim zweiten Mal habe ich dann seine Spuren entdeckt. Später hörte ich ihn manchmal, auch wenn ich ihn nicht sah.«

Alice lächelte erstaunt. »Hattest du keine Angst?«

»Doch. Deswegen fing ich an, Tierknochen, Sehnen und spitze Steine zu sammeln. Erst habe ich mir einen Speer gebaut, der taugte aber nichts, ist einfach zerbrochen, als ich ihn zur Übung gegen einen Baum schleuderte.« Sie lachte. »Mit Pfeil und Bogen klappte es besser, ich kann dir beibringen, wie man damit jagt.«

»Wohnst du in der Hütte?«, fragte Alice.

Namid schüttelte den Kopf. »Hier bin ich nur ab und zu. Um mir warme Kleidung zu holen zum Beispiel.« Sie strich über den blau-rot karierten Flanellstoff, der am Feuer langsam trocknete.

»Verstehe. Du hast dir ein neues Hemd beschafft. Es ist dir ein bisschen zu groß, würde ich sagen.« In Alice' Stimme lag sanfter Spott, doch Namid schien es nicht zu bemerken.

»Ja, kann sein. Ich achte nicht so darauf, was mir passt oder steht, und ich hab es nicht so mit dem Nähen. Ich hole mir, was ich brauche, und verschwinde wieder. Die meiste Zeit lebe ich in einem Waldstück in der Mitte der Insel. Es gibt dort eine alte verlassene Bärenhöhle, in die bin ich gekrochen, als es stürmte und regnete, und als die Sonne wieder schien, habe ich mir ein Baumhaus gebaut.«

»Hast du nie daran gedacht, die Insel zu verlassen?«

Namid starrte in das Feuer, und in ihren Augen spiegelten sich die Funken.
»Ich hatte eine Vision, als ich einige Zeit ohne Nahrung war«, sagte sie schließlich.
Alice wagte nicht nachzufragen. Sie wartete, bis ihre Freundin leise weitersprach. »Ich hatte nichts gegessen und getrunken, hockte in der Bärenhöhle und konnte nicht raus, weil ich dachte, dass sie nach mir suchen. Ich schlief sehr viel, und dann begannen die Träume … Da war ein Vogel … Ein großer Vogel …«
»Eine Gans?«, platzte es aus Alice heraus.
»Nein. Viel größer. Er hatte riesige Schwingen, so dass der Himmel dunkel wurde, als er über mir flog. Ich weiß nicht, ob es ein Adler war oder eine riesige Eule. Auf jeden Fall rief er mir zu, ich solle auf ihn warten, er würde mich holen kommen. Und er sprach … mit der Stimme meines Vaters.«
»Ist dieser Traumvogel öfter zu dir gekommen?«
»Du bist sehr neugierig, Alice Littlebird.« Namid nahm ein Stück Rinde, drehte es nachdenklich zwischen ihren Fingern und warf es in das Feuer. »Ich glaube, das wird eine lange Nacht.« Sie seufzte. »Ja, der Vogel besuchte mich einige Male. Erst als ich meinen Durst gelöscht und meinen Magen gefüllt hatte, verschwand er.«
»Entschuldige, wenn ich so viel frage, aber ich habe lange mit niemandem mehr gesprochen.«
»Und meine Kehle war vom Schweigen schon ganz vertrocknet.« Namid grinste. »Alice Littlebird, ich bin so froh, deine Stimme zu hören. Was möchtest du noch wissen?«

»Hast du eine Ahnung, was mit dem Mann geschehen ist, der hier gelebt hat?«
»Nein. Ich denke, er ist einfach weggegangen. Vielleicht kommt er zurück. Vielleicht auch nicht. Manchmal hoppeln seine Kaninchen noch hier herum.« Namid kicherte.
»Oh ja, ich hab eins gesehen!«, rief Alice aus. »Ein schneeweißes! Ich dachte erst, ich träume.«
»Er hat sie gezüchtet – und offenbar zurückgelassen. In der Hütte habe ich ein Buch über Kaninchenzucht gefunden. Vielleicht kommt der Puma deswegen hierher – weiße Kaninchen sind leichte Beute.« Namid verstummte abrupt und starrte Alice von der Seite an.
»Was ist?«
»Ich kann es immer noch nicht glauben. Bist du wirklich hier? Vielleicht hab ich ja wieder Halluzinationen.«
»Ich bin wirklich hier«, antwortete Alice langsam, als könnte sie es selbst nicht begreifen.
»Erzähl mir von dir. Was ist mit Terry? Wo steckt er?« Namid sah sich um, als müsste er im nächsten Augenblick von irgendwoher angelaufen kommen.
»Er ist nicht mehr auf der Insel. Sie müssen ihn erwischt haben.« Alice stockte und holte tief Luft. Es war das erste Mal, dass sie sich das so klar eingestand. »Er wollte zurück, um unsere Spuren zu verwischen … und … und kam nicht wieder.«
Alice erzählte ihr die ganze Geschichte.
Namid schwieg eine Weile. »Dein Bruder ist nicht dumm. Er wird einen Weg finden. Vertrau ihm.«

»Das tu ich. Es ist nur so schwer, auf ihn zu warten. Nicht zu wissen, wie es ihm geht und ob sie ihn ... bestraft haben.« Ihre Stimme wurde auf einmal so dünn, als könnte sie beim nächsten Atemzug reißen.
»Dein Bruder ist stark. Er hat dich hierhergebracht. Und die Schläge ... die Schläge sind beim ersten Mal am schlimmsten.«
Alice fühlte Tränen in ihre Augen steigen. Ihre Kehle schnürte sich zu. Doch zum Glück sprach auch Namid nicht weiter. Sie saßen einfach nur still da, zusammen unter einer Decke, und hörten dem Knistern des Feuers zu.

34

Terry spürte, wie die Unruhe ihn packte. Wenn Bill Thunder Stone sie belauscht hatte und wer weiß was im Schilde führte, musste er ihn stoppen, bevor es zu spät war. Er sah zur Tür und dann auf John, der die Feder umklammert hielt.
»Ich muss los! Kurz was erledigen. Wir sehen uns morgen wieder. Und vielleicht kann ich dir dann schon mehr sagen.«
John nickte, und auf seinem Gesicht zeigte sich der Anflug eines Lächelns. »Danke, mein Freund. Pass auf dich auf.«
»Das werde ich.«

»Und …«
»Ja?«
»Grüß meine Schwester von mir.«
»Shirley?« Terry runzelte die Stirn. »Sie ist weggelaufen.«
»Ich weiß«, flüsterte John. Seine Augen waren glasig und gerötet, als würde er gleich weinen. Vielleicht war es aber auch das Fieber? »Grüß meine Schwester von mir, Bruder.«
Terry zögerte einen Moment. Vielleicht sollte er doch bei seinem Freund bleiben? Auf ihn aufpassen, ihm zu trinken geben?
»Mach's gut«, murmelte John. »Ich muss jetzt ein bisschen schlafen.«

Terry beeilte sich, versuchte zu rennen, ohne dass es auffiel. Es sollte aussehen, als müsste er nur schnell an seinen Arbeitsplatz zurück.
Die Jungen standen müde auf dem Hof herum und hörten sich an, was sie heute zu tun hatten. Das Gleiche wie gestern: Holz hacken und stapeln. Der Winter würde unweigerlich kommen.
Terry blickte in die Runde und hielt nach Bill Ausschau. Er war nicht hier.
Ein mulmiges Gefühl beschlich ihn.
»Ich hab leider Bauchschmerzen, ich glaub, ich muss noch mal aufs Klo«, sagte er zu Schwester Margaret.
»Na schön, aber mach schnell.«
»Das kann ich leider nicht versprechen«, antwortete er. Die anderen lachten, und die junge Nonne wurde rot.

»Das weiß Gott allein. Der Schöpfer hält seine Hand unter uns. Ähm, über uns«, fügte er hinzu und zwinkerte.
Wie aus einem Reflex heraus bekreuzigte sich die Schwester. Ihre Augen weiteten sich erschrocken, als hätte er etwas Unanständiges gesagt. Und wahrscheinlich hatte er das ja auch. Dabei wollte er nur Spaß machen, aber die Weißen verstanden seine Scherze meist falsch.
Im Jungenwaschraum tropfte ein Wasserhahn, und Terry drehte ihn zu, als wäre er deshalb hergekommen. Über den stinkenden Toiletten surrten dicke Fliegen.
Keine Spur von Bill Thunder Stone. Wo steckte er?
Auf dem Flur waren Schritte zu hören, doch Terry unterdrückte den Impuls, sich hinter einer Tür zu verbergen. Immerhin hatte er sich abgemeldet. Er durfte hier sein. Er würde sich nur verdächtig machen, wenn er sich versteckte.
Auf Zehenspitzen schlich er sich auf den Gang hinaus und sah, wie Bill und die Rabenfrau um die Ecke verschwanden. Sie schienen es eilig zu haben. Hatten sie eine Verabredung mit dem Direktor? Sein Büro lag jedenfalls am Ende des Ganges, nur ein paar Schritte weiter.
Mit dem Direktor der Schule war nicht zu spaßen. Er war groß und kräftig und schlug mit dem Riemen härter zu als die zornigste Nonne. Terry hatte den Gurt ja selbst zu spüren bekommen, nach seiner ersten Flucht. Er sah das wutverzerrte Gesicht des Direktors wieder vor sich, und ihm brach jäh der Schweiß aus.
Er würde besser umkehren. Bevor. Es. Zu. Spät. War.

Doch Terry zwang sich weiterzulaufen. Er musste wissen, was sie planten. Irgendetwas lag in der Luft, etwas Bedrohliches, er spürte es auf seinen Armen, in seinem Nacken. Kleine Tropfen traten auf seine Stirn und rannen ihm die Schläfen hinab. Was war bloß mit ihm los?
Bisher hatte ihn niemand bemerkt, noch konnte er umkehren.
Über dem Eingang zum Büro des Direktors hing Jesus am Kreuz und blickte missbilligend auf Terry hinunter.
Unschlüssig blieb er vor der Tür stehen. Er hörte Stimmen, die Rabenfrau redete mit dem Direktor, auch die Stimme des Paters war zu vernehmen, aber Terry verstand kein einziges Wort.
Sicherlich war es eine Sünde, heimlich zu lauschen – jedenfalls in den Augen der Nonnen. Aber sie hielten ihn ohnehin für einen unverbesserlichen Heiden, auf ein Laster mehr oder weniger kam es bestimmt auch nicht an.
Als er sich an die Tür schieben wollte, um besser hören zu können, spürte er plötzlich eine Bewegung hinter sich. Ein Mann, den er nicht kannte, starrte ihn an. Er war einer von ihnen, vielleicht sogar ein Cree, aber er trug die Uniform eines Polizisten, eines *Mounties*. Seine schmalen, misstrauischen Augen waren so dunkel, dass sie fast schwarz wirkten.
Einen Moment musterten sie sich gegenseitig, und Terry wartete darauf, dass der Mann ihn fragte, was er hier zu suchen habe, oder etwas in der Art, aber er sagte nichts. Er schob Terry schließlich ein Stück beiseite und schlüpfte in

den Raum, ohne die Tür so weit zu öffnen, dass die anderen auf den Flur blicken konnten.
Wortfetzen drangen an Terrys Ohr. »… müssen ein Exempel statuieren, damit es niemand mehr wagt zu flüchten! Schafft diese Shirley wieder ran, irgendwo muss sie ja sein!« Die Stimme des Direktors klang schroff und kalt, wie eines seiner Folterinstrumente.
Terry wandte sich ab und rannte davon. Fürs Erste hatte er genug gehört und gesehen.

»Du hast lang gebraucht!«, tadelte ihn Schwester Margaret. »Wenn du so weitermachst, muss ich dein Verhalten melden!« *Und du weißt, was dir dann blüht*, schien ihr schriller Tonfall zu sagen.
Wahrscheinlich hatte man die junge Nonne vor ihm gewarnt: ein übler Bursche, einer, auf den man aufpassen musste, der schon zweimal ausgebrochen war und der es höchstwahrscheinlich wieder versuchen würde.
Terry ignorierte sie und ging einfach an ihr vorbei.
Wütend hackte er wenig später auf die Holzscheite auf dem Hof ein, so dass die Späne nur so um ihn herumflogen. Er wartete auf diesen Bill, der immer noch nicht aufgetaucht war. Er musste ihn endlich zur Rede stellen.

35

Nebelschwaden zogen langsam über den *Black Lake*. Es sah aus, als wären ein paar Wolken vom Himmel gesunken und würden nach einem Platz zum Landen suchen.

Es dämmerte, ein neuer Tag brach an. Alice saß auf der obersten Stufe der Veranda und betrachtete den See, der so ruhig dalag, als würde er noch schlafen.

Ein Raubvogel tauchte aus dem Nebel auf und kreiste über dem Wasser. Alles war still und friedlich. Die *Residential School* – nur ein paar Meilen entfernt – war weit weg, als läge sie in einer anderen Welt. Doch Alice wusste, dass sich Namid und sie noch in Gefahr befanden, dass der schöne Schein trog.

Der Greifvogel sauste plötzlich auf das Wasser zu, schlug die Krallen in eine silbrig glänzende Beute und flog mit ihr davon.

»Ein Fisch zum Frühstück wäre nicht übel, oder?«, sagte Namid, die aus der Hütte kam und sich reckte und streckte. Ihre glänzenden pechschwarzen Haare sahen noch verwuschelter aus als am Tag zuvor. Der ordentliche Schnitt mit dem geraden Pony, den man ihr in der Internatsschule verpasst hatte, war nicht mehr zu erkennen.

»Wir könnten auch Bannock backen, es ist noch Mehl da«, sagte Alice.

»Die Vorräte in der Hütte sollten wir lieber sparen«,

antwortete Namid. »Früher oder später wird es kühler werden, Frost und Schnee werden kommen, und der See wird eines Tages zufrieren.«

Alice verzog das Gesicht. »So lange bleibe ich nicht hier«, murmelte sie, obwohl sie sich gar nicht so sicher war. Und wenn doch? Wie wollte sie hier wegkommen? War die Luft nicht schon etwas kühler? Bald würden sie wärmere Kleidung brauchen. Vielleicht konnte sie aus den alten Decken ja Mützen und Handschuhe nähen und den dicken Stoff als Futter für neue Mokassins nutzen?

Ein weißes Kaninchen hoppelte an der Hütte vorbei und tauchte ins Gebüsch. Sein Fell leuchtete noch eine Weile zwischen den Blättern.

Alice hatte oft zugeschaut, wenn ihre Großmutter die Mokassins für den Winter mit Kaninchenfell fütterte. Fell war sicher besser geeignet als alter, zerschlissener Stoff. Doch die weißen Kaninchen dieser Insel erschienen Alice wie gute Geister aus dem Wunderlandbuch. Sie zu jagen, kam nicht in Frage.

Namid verschwand noch einmal in der Hütte und kehrte mit einem Eimer, Kescher, Pfeil und Bogen zurück. »Auf geht's! Siehst du den Felsbrocken? Da gibt es kleine Vertiefungen, in denen sich die Fische manchmal verstecken oder schlafen.«

Alice nahm den Kescher entgegen, den Namid ihr reichte, zog am Ufer die Mokassins aus und folgte ihr in den See, bis sie im knietiefen Wasser den flachen Felsen erreichten. Schweigend kletterten sie hinauf.

Das Gestein war rau und zerklüftet. Deutlich spürte Alice die scharfen Kanten unter ihren nackten Füßen. Im klaren Wasser waren zahlreiche Fischmäuler und Schwanzflossen zu erkennen.
Namid deutete auf einen dunklen, glubschäugigen Fisch. Er war dicker als die anderen und bewegte sich langsamer. Er würde eine gute Mahlzeit abgeben. Alice nickte der Freundin zu und nahm den Kescher in beide Hände. Sie bewegte ihn über der Wasseroberfläche hin und her. Es sah ein bisschen seltsam aus – als wollte sie Schmetterlinge fangen. Es sah sogar ziemlich seltsam aus.
Aber Namid verzog keine Miene. Sie holte einen Pfeil aus dem Köcher, spannte den Bogen, blickte Alice an und wartete einfach ab.
Langsam ließ Alice das Netz ins Wasser sinken, bis es schließlich ganz eingetaucht war. Der dunkle Fisch rührte sich nicht. Er mochte langsamer sein als seine Artgenossen, aber nicht dumm. Er blieb halb verdeckt in seiner Höhle.
Alice presste konzentriert die Lippen zusammen und schob den Kescher allmählich näher an ihn heran. Bloß keine hektische Bewegung!
Das Netz war wie ein großes Maul. Eigentlich konnte der Fisch nicht entkommen, wenn er geradeaus schwamm. Aber den Gefallen tat er ihr nicht. Er zuckte plötzlich, als würde er aufwachen, und wich der Falle aus. Doch Namids Pfeil zischte schon an Alice vorbei und traf ihn.
Alice fischte die Beute mit dem Kescher aus dem Wasser,

zog die Pfeilspitze mit einem Ruck aus dem Fisch heraus und ließ ihn in den Eimer fallen. Er zappelte nur noch kurz.
»Du bist eine gute Schützin«, lobte Alice.
»Ich hatte viel Zeit zum Üben.«
Die Mädchen lächelten sich zu.
Der zweite Versuch erwies sich als schwieriger. Die Fische waren jetzt aufgescheucht, stoben davon, sobald ein Schatten auf sie fiel, und flüchteten sich in die Spalten des Gesteins.
Alice verlor allmählich die Geduld; sie tauchte den Kescher zu schnell in den See. Einmal rutschte sie aus und platschte ins Wasser. Sie schämte sich für ihre Ungeschicklichkeit. Doch Namid half ihr, ohne ein Wort zu verlieren, auf den Felsen zurück. Dann griff sie wieder nach ihrem Bogen, als wäre nichts passiert.
Namid verschoss ihren Pfeil ein paarmal. Sie watete ins Wasser, holte ihn zurück und legte erneut an. Es gab immer noch genug Fische. Einer, der metallisch grün glänzte, schwamm direkt an den Mädchen vorbei, offenbar auf der Jagd nach kleineren Fischen. Namid zögerte keine Sekunde – zielte und schoss. Sie erwischte ihn, Alice fischte ihn aus dem Wasser, doch gerade als sie ihn im Netz hatte, flog er wie durch einen Zauber wieder hinaus.
Blitzschnell griff Namid nach dem Pfeil, der in der Beute steckte, und packte den strampelnden Fisch. Die beiden führten einen merkwürdigen Tanz auf, und Alice musste laut lachen.
Doch dann verstummte sie abrupt und starrte auf den See

hinaus. Ein Boot! Es war deutlich zu erkennen – und das bedeutete, dass auch sie genau zu sehen waren!
Alice wollte ihre Freundin warnen, aber sie brachte keinen Ton heraus.

36

Sie hielten ihn für einen Wilden, und er hackte wie ein Wilder Holz.
Er wurde viel schneller fertig als sonst, aber die Wut im Bauch blieb.
Was ging hier vor? Warum bestellte der Direktor diesen *Mountie* in die Schule? Ging es wirklich nur um Shirley? Hielten sie Alice weiterhin für tot? Oder sollte der Kerl seine Schwester suchen?

Terry lag auf seinem Metallbett im Schlafsaal und lauerte darauf, dass alle schliefen. Die meisten der Jungen atmeten schon regelmäßig, einer schnarchte, zwei flüsterten noch miteinander. Ungeduldig wartete er, starrte angespannt nach oben, durch eines der kleinen Fenster. Ein Stern blinkte in weiter Ferne. Sah Alice ihn auch?
Dann hielt Terry es nicht länger aus, er sprang hoch und schlich zu Bill hinüber. Zu seiner Verwunderung sah Bill

ihm entgegen, als hätte er auf ihn gewartet. Er lag da wie eine Puppe und hatte sich nicht zugedeckt.

»Ich muss was mit dir bereden«, sagte Terry knapp. »Gehen wir in den Waschraum.«

Bill rührte sich nicht. Er schien durch Terry hindurchzusehen.

»Mach schon! Oder willst du, dass ich den anderen erzähle, dass du für den Direktor und die Nonnen spionierst?«

Bill schwieg. Vielleicht schlief er ja mit offenen Augen?

»Hey! Hörst du mich?«

»Ich höre dich.« Bill sprach schleppend, als wäre ihm jedes Wort zu schwer. Langsam erhob er sich. Er war älter als Terry, fast schon vierzehn, und etwa einen Kopf größer.

»Also schön«, sagte Bill, als sie im Waschraum ankamen. »Was willst du von mir?«

»Da kann ich dich wohl das Gleiche fragen. Warum beobachtest du mich?«

Bills Miene blieb starr und ausdruckslos.

»Warum schnüffelst du mir nach?«

»Tu ich nicht.«

»Und wieso warst du neulich beim Direktor?«

»Das geht dich nichts an.«

Terry spürte die Wut in sich kochen, aber er beherrschte sich.

»Wenn ein Polizist in der Schule auftaucht, geht uns das alle etwas an!«

»Es gibt Vermisstenfälle.«

»Zählt meine Schwester auch dazu?«

»Solange ihre Leiche nicht am Ufer des *Black Lake* angespült wird, schon.«
Terry fragte sich, ob Bills Teilnahmslosigkeit nur gespielt oder echt war. Der Junge wirkte, als würde ihn das alles nichts angehen.
»Und was hast du damit zu tun? Wieso holt der Direktor ausgerechnet *dich*, wenn es um die vermissten Mädchen geht?«
»Warum interessiert dich das so brennend?« Bills Gesicht schimmerte blass wie der Mond. »Deine Schwester lebt noch, stimmt's? Und du weißt, wo sie ist, richtig?«
Terry zuckte zusammen. Wie kam dieser Bill darauf?
»Sie ist aus dem Kanu gefallen! Sie ist ertrunken!«
»Wieso fragst du mich dann nach dem Polizisten? Es könnte dir egal sein.«
»Ich frage nicht nach dem Polizisten. Ich frage nach *dir*. Wer bist du, Bill Thunder Stone? Wieso spionierst du hinter mir her?«
»Ich bin der Älteste in der Gruppe. Ich spioniere nicht, ich passe auf.«
Terry lachte verächtlich. »Ich brauche keinen Aufpasser!«
»Das sagt der Richtige. Hast du die nächste Flucht schon geplant?«
»Ach, darum geht's? Dass ich wieder abhauen könnte?«
»Unter anderem ... ja.«
»Und was willst du tun, um das zu verhindern?«
»*Du* bist nicht mein Problem«, antwortete Bill.
»Wer dann?«

Bill schwieg.
»Shirley? Alice? John?«
Er schüttelte den Kopf.
»Soll ich weiterraten? Ich kenne nicht alle, die verschwunden sind oder eventuell Fluchtgedanken haben.«
»Du *hast* also Fluchtgedanken?«
»Das habe ich nicht gesagt.«
»Das ist dein Geheimnis, nicht wahr? Aber du bist nicht der Einzige, der ein Geheimnis hat.«
Terry taxierte Bill. Seine Ohren schienen rot anzulaufen. Auch sein Gesicht verfärbte sich, als würde etwas in ihm gleich explodieren. Er holte ein paarmal tief Luft, und irgendetwas schüttelte seinen Körper.
»Was würdest du sagen«, murmelte Bill langsam und blickte sich nach allen Seiten um. »Was würdest du sagen, wenn ich ein Problem mit dem *Direktor* habe?«
»Nun«, antwortete Terry und rieb sich nervös die Stirn, »da wärst *du* nicht der Einzige.«
»Als du auf der Farm gearbeitet hast, gab es da eine Haushaltshilfe? Eine noch relativ junge Frau, eine ziemlich hübsche … vom Volk der Mi'kmaq?«
»Ja, gab es. Sie war sehr nett und großzügig. Hat uns Jungs oft was zugesteckt. Süßigkeiten, frisch gebackenen Kuchen, Bannock … Wieso fragst du nach ihr? Sie ist doch nicht etwa …?«
»Genau. Meine *Mum*. Sie war auf dieser *Residential School*, bis sie vierzehn war und … schwanger wurde.«
Terry verstand immer noch nicht, worauf Bill hinauswollte.

»Schön. Du hast eine tolle Mutter. Darfst du sie manchmal besuchen?«
Bill schüttelte den Kopf. »Erst wenn ich mich bewährt habe.«
»Sagt wer? Der Direktor?«
Bill kaute eine Weile auf seiner Unterlippe herum. »Ja, der Direktor.« Er stieß ein Seufzen oder Stöhnen aus. »Der Direktor … Dieser *Scheißdirektor* … Mein Vater.«
Terry verschlug es für einen Moment die Sprache.
»Ich darf in den Ferien auf die Farm, zu meiner Mum, wenn ich euch verrate.«
»Und warum erzählst du mir das?« Terry blieb misstrauisch, aber seine Wut versickerte auf einmal.
»Weil … weil ich lange genug geschwiegen habe.«
Terry nickte und blickte ernst zu ihm auf. Schimmerten da Tränen in Bills Augen?
»Mein ganzes Leben lang«, flüsterte Bill. »Verstehst du?«
Terry begriff allmählich, was ihm da gerade anvertraut wurde.
»Ja. Es tut mir leid für dich, Bill. Wirklich. Deine Mum ist super. Also … Kopf hoch. Du wirst sie eines Tages wiedersehen. Du musst uns dafür nicht verraten. Du bist einer von uns.«
»Ich weiß.«
Sie standen eine Weile stumm da.
»Dieser Polizist …«, sagte Bill schließlich heiser und räusperte sich. »… sie schicken ihn auf die Insel im *Black Lake*. Es gibt dort eine alte verlassene Hütte. Ein Fischer hat sich

gemeldet und behauptet, er hätte dort in der Nähe zwei Mädchen beobachtet.«

37

»Du machst dir zu viele Gedanken«, sagte Namid.
»Kann sein. Aber was ist, wenn der Mensch auf dem Boot uns gesehen hat?«, fragte Alice.
Sie saßen hinter der Hütte und aßen die Fische. Der angenehme Geruch nach Gebratenem lag in der Luft.
Für das Feuer hatten sie vorsichtshalber eine Grube gegraben. Ein kleiner Tunnel führte zu einer zweiten Öffnung und sorgte für die Luftzufuhr. Sie nutzten nur trockenes Holz, um den verräterischen Lichtschein und zu viel Rauch zu vermeiden. In dem Erdloch war noch etwas Glut, und die Funken tanzten wie Glühwürmchen zwischen den Wurzeln.
»Er weiß noch lange nicht, *wen* er gesehen hat.«
Alice nickte langsam. »Ich hoffe, du hast recht. Doch wenn sie uns suchen und jetzt erfahren, dass Menschen auf der Insel sind …«
»Vielleicht hat er uns für Leute gehalten, die eine Kanutour machen und nur einen kurzen Stopp hier einlegen.«
»Das war ein Fischerboot, Namid. Und die Fischer wis-

sen Bescheid über die *Residential School*. Und sie wissen bestimmt auch, dass von dort ab und zu Kinder weglaufen.« Namid knabberte an den Resten ihrer Mahlzeit herum und zog sich eine Gräte aus dem Mund. »Ich denke, Fischer sind an Fischen interessiert, nicht an uns. Aber … Es kann natürlich nicht schaden, etwas vorsichtiger zu sein«, sagte sie. »Wir können uns auch in der Nacht um Essen kümmern.«

In der nächsten Zeit ließen sie sich tagsüber weder an der Hütte noch am Ufer blicken. Erst wenn es dunkel wurde, huschten sie hinaus, gingen ein paar Schritte in den Wald hinein, um Früchte, Pilze und Wurzeln zu suchen, und kehrten schnell wieder um. Auch auf den flachen Felsen im See schlichen sie sich nur noch nachts, um zu fischen und ein paar Krebse und Muscheln zu sammeln.

Einmal, als sie sich nach erfolgreicher Jagd auf den Felsen legten, den sanften Wellen des *Black Lake* lauschten und den Sternenhimmel betrachteten, hörten sie plötzlich das Fauchen des Pumas. Es klang näher, als ihnen lieb war, und der Schmerz, der in der Stimme des verwundeten Tieres lag, jagte ihnen Schauer über den Rücken.

»Er macht Geräusche wie ein verletzter Waldgeist«, flüsterte Namid.

»Das bedeutet wohl, dass er hungrig und nicht mehr besonders wählerisch ist«, vermutete Alice.

Hatte der Puma Witterung aufgenommen? Lauerte er in irgendeinem Gebüsch auf sie?

Doch mit Namid an ihrer Seite, die Pfeil und Bogen bei sich trug, fühlte sich Alice geborgen. Namid war für sie wie eine große Schwester, die auf sie aufpasste.
Sie blieben noch eine Weile auf dem Felsen liegen, starrten in das Dunkel und warteten ab.
Die Rufe der Raubkatze wurden allmählich leiser und verstummten schließlich ganz. Alice und Namid lauschten in die Nacht, bis alles um sie her still wurde und sie sich zur Hütte zurückstahlen.

Tagsüber schliefen sie oder sahen aus dem Fenster und beobachteten mit einem alten Fernglas den See und die Umgebung. Alice war froh, dass sie nicht mehr allein war. Namid schenkte ihr eine Handtrommel, die sie aus biegsamem Holz gebaut, mit Leder bespannt und mit einem Donnervogel, einer Bärentatze und anderen Zeichen bemalt hatte. Alice saß auf dem Sofa und trommelte einen gleichmäßigen Rhythmus, erst langsam und vorsichtig, dann immer lauter, rhythmischer und ausgelassener. Namid tanzte dazu und schwang die Arme wie Adlerflügel.
Ab und zu saßen sie beieinander, in die Decken gehüllt, die sie inzwischen im See gewaschen hatten, und Namid las ihr aus *Alice im Wunderland* vor.
»Dieses Mädchen in der Geschichte ist ziemlich verrückt«, meinte Namid. »Man trinkt doch nicht aus einer Flasche, nur weil das Wort *Gift* nicht auf dem Etikett steht, und man isst auch keinen Kuchen, weil da jemand *Iss mich* draufgeschrieben hat.«

»Vielleicht nicht«, sagte Alice. »Vielleicht aber doch. Sie ist eben einfach neugierig. Lies weiter!«
Namid seufzte. Ihr schien das Buch nicht besonders zu gefallen. »Sie ist so verrückt wie alle Weißen«, murrte sie.
»Sie ist fremd und handelt seltsam, aber sie spricht mit den Tieren, als wäre sie eine von uns«, widersprach Alice. »Sie ist in ein Kaninchenloch gekrochen, so wie du in einer verlassenen Bärenhöhle geschlafen hast.«
»Ja, und der Tränensee kommt mir auch irgendwie bekannt vor«, gab Namid nachdenklich zu. »Wie viele Tränen sind wohl schon in der *Black Lake Residential School* geflossen? Das dürfte für mindestens einen See reichen.«
Alice dachte an das nächtliche Weinen im Schlafraum. Und sie dachte an Terry, der wieder an diesem kalten, erbarmungslosen Ort war.
Zum Glück las Namid endlich weiter. Die Geschichte wurde immer merkwürdiger, aber Alice gefiel sie trotzdem.

Nach Anbruch der Dunkelheit gingen sie in den Wald. Der Mond schien auf sie herab. Die Strahlen fielen durch die Wipfel der Bäume, die schon fast alle Blätter verloren hatten, und beleuchteten spärlich den Weg. Trockene Rinde knirschte unter ihren Füßen, und Alice machte sich Sorgen, weil der Puma sie nicht nur riechen, sondern auch hören konnte. Doch es hatte einige Tage nicht geregnet, und sie brauchten frisches Trinkwasser. Außerdem schien Namid keine Furcht zu kennen.

Als ein Schatten sich direkt vor ihnen aus dem Schwarz der Bäume löste, blieb Alice abrupt stehen. Dann erkannte sie, was es war: Eine Eule flog mit schnellem Flügelschlag davon.
Namid lachte auf. »Komm schon!«, rief sie leise. »Das war doch bloß ein Käuzchen!«
Alice hielt sich dicht hinter der Freundin. Ihr spöttischer Tonfall ärgerte sie, denn sie wurde das Gefühl nicht los, dass die Raubkatze ihnen nachschlich.
Mit klopfendem Herzen achtete sie auf jeden Ton, jedes Knistern und Knacken im Unterholz. Kam da nicht ein kratzendes Geräusch aus dem Geäst der Wipfel? Pumas waren gute Kletterer. Vielleicht bewegte sich das Tier ja auch über ihnen in den Ästen?
Alice war beinahe sicher, dass sie verfolgt wurden. Aber sie sagte nichts. Sie wollte nicht, dass Namid sie für einen Feigling hielt. Bloß der dumme Schluckauf fing wieder an.
Fürsorglich sah sich Namid nach Alice um und murmelte ihr aufmunternd zu: »Alles in Ordnung? Gleich sind wir da.«
Alice lächelte, nickte und hielt die Luft an.
Mit ihrem wilden Haar und dem zerkratzten Gesicht sah Namid selbst fast wie eine Wildkatze aus. Sie lief mit federnden Schritten, stolperte kein einziges Mal und sprang geschickt über jede knorrige Wurzel. Auch wenn sie die alte Kleidung des Fischers aus der Hütte trug: Sie wirkte wie eine Anishinabe – es war, als hätte sie Shirley tatsächlich für immer in der *Residential School* zurückgelassen.
Alice beobachtete ihre Freundin und versuchte es ihr

gleichzutun, ihre Schritte denen von Namid anzupassen, doch sie sah immer wieder beunruhigt zu den Bäumen hinauf. Wenigstens zogen keine Wolken auf. Der Mond schien sie zu begleiten – sein Licht tropfte auf ihren Weg wie Regen.

Endlich hörten sie den Bach. Alice lauschte dem Glucksen und atmete tief ein und aus. Erst jetzt fiel ihr auf, wie trocken ihre Kehle war.
Gerade wollte sie etwas sagen, da drehte sich Namid zu ihr um und legte die Hand fest auf ihren Mund.
Und nun erkannte es auch Alice: Da vorn, da, wo der Bach floss, schimmerte ein Licht …
Dort brannte ein Lagerfeuer!

38

»Du sollst in die Küche kommen! Sofort!«, knurrte Bill ihn an.
Terry war sich nicht sicher, ob sein barscher Tonfall nur Show war oder ob Bill ihr vertrauliches Gespräch abgehakt und vergessen hatte. Er musterte ihn forschend, aber Bill erwiderte seinen Blick nicht. Seine Miene war starr wie eine Maske.

Mit einem Seufzen ließ Terry die Axt sinken, als wäre er alles andere als begeistert.

»Na schön, wenn es sein muss …«

»Würde ich es dir sonst sagen?«

Wenn Bill nur so tat, als wäre er schlecht gelaunt, war er ein talentierter Schauspieler.

»Bringst du uns was Süßes mit?«, bat einer der Kleineren.

Terry zwinkerte ihm zu. Er wollte lieber nichts versprechen.

Elisabeth rührte in einem riesigen Suppentopf herum, und es roch nach Kürbis und Gewürzen. »Da bist du ja«, sagte sie. In ihren Augen blitzte Freude auf, als wäre er nicht einfach nur über den Hof gelaufen, sondern käme von weit her. »Es gibt Neuigkeiten!«

Terry schwieg und wartete ab. Wieso vertraute er ihr eigentlich? Was, wenn die Köchin ihn – gemeinsam mit Bill und seinem Vater, dem Direktor – in eine Falle lockte?

»Willst du gar nicht wissen, was ich weiß?« Sie klang verwundert und auch ein bisschen enttäuscht.

»Doch.«

Elisabeth zog die Brauen hoch. »Es geht um deinen kleinen Freund.«

Terry nickte. Er hätte gern gelächelt, aber das Misstrauen in ihm war stärker. Es saß in ihm fest wie ein Pilz, der jeden Tag, den er hier verbringen musste, ein Stück größer wurde.

»Denk nicht, dass es einfach war, sie zu finden.«

»Wen?«

»Seine *Eltern*! Sie wohnen in einer kleinen windschiefen Hütte in einem Reservat, etwa achtzig Meilen von hier entfernt. Natürlich haben sie kein Telefon und nicht mal Strom.« Sie warf einen schnellen Blick zur Tür und winkte ab.

Dann drehte sie sich um und holte ein Gewürz aus dem Schrank.

Terry nahm schnell ein paar Kürbiskerne vom Tisch und steckte sie in die Hosentasche. Keine Süßigkeit, aber besser als nichts.

Elisabeth wandte sich wieder um und lächelte säuerlich. Er fühlte sich ertappt und fürchtete plötzlich, dass sie ihn verärgert wegschicken könnte.

»Glaub mal nicht, dass es einfach war, sie aufzuspüren.«

»Kann ich mir vorstellen«, sagte er.

»Ich habe ein paar Tage gebraucht, um sie zu finden.« Die Köchin legte den Rührlöffel beiseite und wischte sich die Hände an ihrem Kittel ab. Dann gab sie ihm ein Zeichen mit dem Zeigefinger.

Terry trat dichter an sie heran.

»Sie kommen heute noch, um ihn abzuholen«, flüsterte sie in sein Ohr.

Terry atmete unwillkürlich auf. Er fühlte sich von einer Last befreit. »Heute noch?«

Elisabeth nickte. »Mit einem Hubschrauber. Johns Vater hat als junger Mann in der Armee gedient und … Er hat wohl einen alten Freund, der ihm einen borgt.«

Terry blickte sie staunend an.
»Ich habe ihnen gesagt, dass es John sehr schlecht geht. Sie haben nichts davon gewusst und viele Fragen gestellt. Und sie wollen wissen, was mit ihrer Tochter passiert ist.«
Elisabeth seufzte. »Außer von John haben sie die ganze Zeit von Namid geredet. Bis ich schließlich herausfand, dass sie Shirley meinten. Shirley, die Ausreißerin.«
Terry kaute nervös auf seiner Unterlippe herum. Was hatte das zu bedeuten? Sollte er Elisabeth von dem Gespräch erzählen, das er belauscht hatte? Von dem Polizisten, der Shirley finden sollte?
Er sah die Köchin fragend an und brachte keinen Ton mehr heraus.
»Was ist los? Wieso stehst du hier herum? Du holst mir gleich noch zwei Säcke Kartoffeln aus dem Keller! Und dann sieh zu, dass du dem kleinen John die frohe Botschaft überbringst!«

Die Krankenstation war abgeschlossen, und Terry musste klopfen.
Nichts rührte sich. Er wummerte mit der Faust gegen das schwere dunkle Holz. Ihm fiel auf, dass seine Finger von der Arbeit schmutzig waren. Wahrscheinlich war auch sein Gesicht dreckverkrustet. Gerade als er überlegte, erst noch schnell zum Waschraum zu laufen, öffnete sich die Tür.
»Was hast du hier verloren?«, fragte die Rabenfrau. Sie musterte ihn ungnädig, ihre Blicke wanderten bis zu seinen Stiefeln hinab, die mit schlammigen Spritzern übersät

waren. Es hatte geregnet, und die Jungen waren während der Arbeit durch Pfützen gelaufen, ohne darauf zu achten.

»Ich will zu John!«, stieß er hervor. Er verstand nicht ganz, was die Frage sollte. Er kam ja nicht zum ersten Mal.

»Das hier ist kein Schweinestall, Nummer 12! Weißt du, wie du aussiehst? Geh zurück zu den anderen und arbeite weiter!«

Sie wollte ihm die Tür vor der Nase zuschlagen, aber er schob schnell den Fuß vor. »Es ist wirklich wichtig.«

»Was denn? Was willst du?« Ihre Stimme klang nervös. In ihren wässrigen Augen schien eine Spur von Furcht zu schimmern. Was war hier los?

»Lassen Sie mich zu ihm!«

Er bekam plötzlich selbst Angst. Der Rabenfrau war alles zuzutrauen. Er dachte an die unbarmherzigen Schläge mit dem Riemen, die sie John verabreicht hatte. Und Terry dachte an die Glatze, die sie ihm verpasst hatte.

Die Haare wuchsen ihm inzwischen zwar nach, aber er sah immer noch ziemlich idiotisch aus. Und es juckte.

»Muss mit ihm reden«, murmelte er und kratzte sich den Kopf. »In einer Familienangelegenheit.«

»Ihr seid nicht verwandt. Und selbst wenn er dein Bruder wäre, würde ich dich nicht zu ihm lassen. Los, verschwinde!«

Die Nonne machte eine fahrige Bewegung, als wollte sie ihm eine Ohrfeige verpassen. Doch dann ließ sie die Hand irgendwie schlapp fallen.

Terry ging einfach auf sie zu. Die Rabenfrau wich ihm erschrocken aus. »Komm mir nicht zu nahe!«

Hatte sie Angst? Vor ihm?
Sie streckte die Hand aus, um ihn aufzuhalten, doch er stieß einen warnenden Laut aus. Plötzlich wandte sie sich von ihm ab, trat auf den Flur hinaus, raffte ihren Rock und lief eilig davon.
Verwundert blickte Terry ihr nach. Sie sah tatsächlich wie ein großer flatternder Rabe aus. In seinem Innern lachte er über sie. Aber als er den Raum betrat, hörte er jäh damit auf.
Zuerst bemerkte er die Feder, die auf dem Fußboden lag.
Irgendetwas stimmte nicht, stimmte ganz und gar nicht.
Schwester Beatrice rannte nervös hin und her. Der Pater kniete vor Johns Bett und betete.

39

Der Schein der Flammen spiegelte sich im Bach und beleuchtete eine dunkle Gestalt, die dort hockte.
Alice erstarrte vor Schreck.
An dem Feuer saß unverkennbar ein Fremder. Er schien mit dem Baum zu verschmelzen, an dem er lehnte. Nur sein Gesicht leuchtete im Licht des Feuers. Und er schien etwas in den Armen zu halten, etwas, das metallisch aufblitzte. Ein Gewehr?

Alice schluckte trocken. Ihr Hals schmerzte vor Durst, und ihr Herz raste. Langsam drehte sie den Kopf und hielt nach einem Fluchtweg Ausschau.
Doch Namid legte ihren Finger auf die Lippen und bedeutete ihr, still zu sein. Sie nahm das Fernglas, das um ihren Hals baumelte, und beobachtete den Eindringling in aller Seelenruhe.
»Ich kenne ihn«, flüsterte sie Alice zu. »Er ist ein Ojibwa aus unserem Reservat. Er hat mich von zu Hause weggeholt und in die Internatsschule verschleppt. Und er ist … Polizist.«
Der Mann erhob sich und starrte in ihre Richtung. Hatte er etwas bemerkt? Doch dann legte er nur ein paar Zweige ins Feuer.
»Lass uns von hier verschwinden!«, zischte Alice. Sie hoffte nur, dass sie jetzt keinen Schluckauf bekam.
Namid nickte ihr zu und berührte leicht ihren Arm. »Da lang«, wisperte sie und kroch durch ein Gebüsch.
Alice duckte sich hinter einen herumliegenden Baumstamm und folgte ihr auf Zehenspitzen. Nervös achtete sie darauf, auf keinen trockenen Zweig zu treten. Sie hörte sich trotzdem: Die Blätter, auf die sie trat, machten Geräusche. In dem stillen Wald war fast jeder Schritt deutlich zu hören.
Wieso war dieser Polizist auf der Insel? Hatte er den Auftrag, sie zu suchen? Sie zurückzuholen in die *Residential School*?
Automatisch schüttelte Alice den Kopf. Sie würde nicht zurückgehen. Auf keinen Fall!

»Der kriegt uns nicht«, murmelte Namid, als könnte sie ihre Gedanken lesen. »Wir lassen uns nicht mehr einfangen! Nie wieder!«

»Wo gehen wir jetzt hin?«, fragte Alice. »Zurück zur Hütte?«

»Nein! Da wird er uns zuerst suchen. Verlass dich auf mich. Ich kenne mich hier aus.«

Zielstrebig lief Namid voraus. Sie gingen in einem großen Bogen durch den Wald und kamen an einer anderen Stelle des Baches, an seiner Quelle, wieder heraus.

Alice warf sich auf den Boden und ließ sich das Wasser direkt in den Mund sprudeln. Es besprühte ihr Gesicht bis zur Stirn und zu den Ohren. Sie sog es gierig in sich hinein und fühlte es kühl durch ihre Kehle laufen.

Namid schöpfte das Wasser mit beiden Händen und murmelte dem Bach einen Dank zu.

Sie tranken hastig. Immer wieder hoben sie ihre Köpfe, lauschten den Geräuschen des Waldes und beobachteten mit unruhigen Blicken die Umgebung. Auch wenn es noch Nacht war – auf der Lichtung, auf der sie sich befanden, konnten sie von einem möglichen Verfolger leicht entdeckt werden.

»Sie suchen uns also«, murmelte Alice.

»Sieht ganz so aus.«

»Und sie wissen jetzt, dass wir hier sind.«

Namid runzelte die Stirn. »Es ist nur einer. Und wie es scheint, hat er es nicht besonders eilig, uns zu finden.«

»Und er versteckt sich nicht gerade.«

»Ja, das ist mir auch aufgefallen.«

»Was hat das zu bedeuten?«
Namid zuckte mit den Schultern. »Dass er sich sicher fühlt?«
»Was machen wir nun?«, fragte Alice.
»Uns ausruhen.«
»Und wo?«
»Bärenhöhle oder Baumhaus?«, fragte Namid lächelnd.
Die Vorstellung, in ein Loch in der Erde zu kriechen, gefiel Alice nicht besonders. »Baumhaus«, sagte sie.

40

Johns Körper lag unter einem Laken.
Nur ein paar Haarsträhnen und seine nackten Füße schauten unter dem weißen Tuch hervor.
»Was ist los? Was ist los mit ihm?«, stammelte Terry.
Wie in Trance lief er auf ihn zu. Doch der Pater, der eben noch gebetet hatte, sprang auf die Beine und schwang seine Faust, als wollte er Terry einen Hieb verpassen.
»Du hast hier nichts zu suchen!«, schrie er.
Terry taumelte zurück. Dann sah er die Tabletten auf dem Nachttisch liegen. »John? Was ist mit ihm? Ist er …? Wieso holen Sie keinen *Arzt*?«
»Es ist deine Schuld!«, brüllte der Pater. »Du hättest uns sagen müssen, wie es um ihn steht!«

»Es war ein Unfall!«, rief Schwester Beatrice. »Er hatte Schmerzen und hat wohl gedacht, wenn er ein paar Tabletten mehr nimmt ...« Sie hob die Arme und ließ sie wieder fallen, als wären sie ihr zu schwer. »Einfach ein Unfall! Ein abscheulicher Unfall!«

Sie lief in dem dunklen schmucklosen Raum auf und ab, hin und her – als könnte sie sich selbst nicht stoppen.

»Das sollte vermieden werden!«, sagte der Pater kalt. »*Genau das* sollte vermieden werden!«

Terry rang nach Luft. »Sie hätten ihn ins Krankenhaus bringen müssen!«, keuchte er.

Seine Beine zitterten plötzlich. Er wankte auf John zu, drängte den Pater, der ihm immer noch den Weg versperrte, mit einem kräftigen Stoß beiseite.

»Was erlaubst du dir!«

Terry achtete nicht auf den Mann. Behutsam zog er das Laken ein Stück beiseite. John war sehr blass. Seine Augen waren geschlossen. Im ersten Moment sah es so aus, als würde er schlafen. Doch er lag bewegungslos da, und er atmete nicht mehr.

»John? Bitte! *John!*« Terry spürte sein Herz in der Brust trommeln, und etwas rauschte in seinen Ohren.

Er sank neben dem Bett auf die Knie.

Das Gesicht seines Freundes war nun ganz nah vor ihm. Es sah klein und kindlich aus, als hätte er nicht mehr als drei Sommer und Winter gesehen.

Terrys Blick fiel auf die Feder, die auf dem Fußboden lag. Er nahm sie auf. Die Feder war zerzaust und ihr Kiel gebro-

chen, aber sie fühlte sich immer noch weich und lebendig an.
Langsam schob Terry die Feder in Johns kalte Hand.
»Flieg …! Flieg mit den Gänsen, mein Freund. Flieg mit ihnen über den Zaun hinweg, weit fort von hier«, flüsterte er auf Cree. »Hörst du mich? Weit, weit fort! Flieg mit ihnen, und du wirst für immer frei sein!«
Terry wartete, als würde er noch auf eine Antwort hoffen. Doch es kam keine Antwort. Da war nichts mehr. Kein Atemzug. Kein Blick. Kein Lächeln.
Es war plötzlich sehr still in dem Raum.
Zu still.

Terry spürte eine grobe Berührung im Nacken. Der Pater packte ihn am Hemdkragen und zog ihn mit einem Ruck hoch.
»Du sprichst immer noch die verbotene Sprache!«, zischte er. »Du meinst wohl, du kannst dir alles erlauben, Nummer 12? Wir haben dich lange genug gewarnt! Du wirst in den Keller gesperrt! Aber vorher bekommst du noch ein paar ordentliche Schläge im Speiseraum verpasst! *Vor allen anderen!«*

41

Es war Tag geworden. Ein Astloch in der Borke des Stammes diente als Fenster und ließ einen grauen Streifen Licht ins Baumhaus.
Die Mädchen lagen auf erdig duftendem Moos im Innern eines großen, hohlen Baumes, über sich eine Kuppel aus Birkenrinde.
»Man kann das Dach abnehmen und auf die Erde stellen, dann ist es ein Wigwam«, erklärte Namid stolz.
Alice hatte sich das Baumhaus eigentlich anders vorgestellt. Sie dachte, dass sie weit oben auf den Ästen wohnen würden, stattdessen hockten sie im Bauch einer uralten Weide – in einem düsteren Versteck.
Es regnete, und sie hörten dem gleichmäßigen Rauschen zu, schliefen ein und wachten wieder auf.
Alice träumte, dass sie wuchs und wuchs, dass ihre Arme sich in schwere Äste verwandelten, auf denen Vögel landeten; ihr Hals wurde immer länger, bis ihr Kopf das Dach anhob.
Namid lachte, als Alice ihr davon erzählte. »Du hattest einen Wunderland-Traum! Vielleicht war es ja eine Vision?«
»Und jetzt hab ich Kopfschmerzen.« Alice lächelte gequält und rieb sich die Schläfen.
»Du machst dir Sorgen. Verstehe ich, aber es gibt keinen Grund. Wir gehören nicht in diese Gefängnisschule! Keine Stunde, keinen Tag und erst recht nicht so viele Jahre!«

»Ich weiß. Aber … Bist du sicher, dass der Polizist uns hier nicht finden kann?«
»Kitchi Manitou hat uns Hilfe gesandt. Der Regen verwischt unsere Spuren.«
Alice sah Namid verwundert an. »Hast du keine Angst?«
»Wozu? Was ändert es, Angst zu haben?«
»Nichts.«
»Na also.«
Sie tranken ein bisschen Wasser, aßen von den Vorräten, die aus der Hütte am See stammten und die Namid in ihrem Baumhaus sorgfältig in Wildlederbeutel eingepackt und versteckt hatte: Pemmikan, Trockenfisch, ein paar Beeren und Nüsse.
Und dann schliefen sie wieder ein.
Als Alice erwachte, spürte sie Namids Blick auf sich ruhen – es war ein ernster, trauriger Blick. Die Freundin saß im Schneidersitz da und hielt die Hände geöffnet für das spärliche Licht, das von draußen kam. Es sah aus, als würde sie beten.
»Wir werden den Weißen zeigen, wer wir sind«, sagte Namid leise. »Sie werden es nicht verstehen. Sie werden uns weiter *Wilde* nennen, weil wir ihre Zäune und Lineale nicht wollen, weil wir unsere Sprache sprechen und uns die Haare nur abschneiden, wenn wir in Trauer sind.«
Alice murmelte zustimmend, aber Namid beachtete sie nicht. Sie schloss die Augen und redete weiter: »Mein Vater war Häuptling, aber die Weißen holten ihn in ihre Armee, er wurde Pilot und kämpfte in einem fernen Land gegen

das Böse. Er kam verletzt aus diesem Krieg zurück, den man heute den Zweiten Weltkrieg nennt. Meine Mutter pflegte ihn, und jetzt war *sie* es, die kämpfte. Schon als ich klein war, wurde ich in eine Internatsschule gesteckt, und schon damals lief ich davon. Dann kam ich in eine weiße Familie. Die Frau nannte mich Tochter, kaufte mir Röcke und schwarze Lackschuhe, und ich sollte sie Mutter nennen. Aber sie war eine Fremde für mich. Der weiße Mann, der mein Vater sein wollte, bat mich, zu lächeln und meine Frisur zu ändern. Die Zöpfe schnitt man mir damals schon ab. Ich sollte lernen, wie die Weißen zu sein, zu essen, was sie aßen, zu glauben, was sie glaubten. Ich lernte, in den neuen Schuhen durch ihre Straßen zu stolzieren. Ich ertrug ihre Worte und Berührungen, und ich lächelte, wie der weiße Mann es mich gelehrt hatte. Ich tat, was sie von mir wollten. Aber eines Tages hörte ich auf zu essen. Ich war immer noch klein, sechs oder sieben Jahre alt. Und ich presste die Lippen zusammen, weigerte mich, ihre Nahrung zu mir zu nehmen.«
Einen Moment wurde es still. Nur der Atem der beiden Mädchen war zu hören. Alice sog tief den Geruch des Baumes in sich hinein. »Erzähl weiter«, sagte sie leise.
»Am Anfang versuchten sie es mit Zureden, später schlugen sie mich. Sie zwangen mich zu essen, aber ich erbrach mich heimlich in ihrem Bad und wurde immer dünner. In der Zeit hatte ich Visionen. Ich ging oft allein auf den Dachboden und redete mit den Spinnen. Und dann erschien mir ein Geist.«

»Ein Geist?«, flüsterte Alice erschrocken.
Namid nickte, ohne die Augen zu öffnen.
»Ein guter Geist. Er saß im Schneidersitz auf einem alten Teppich. Ich erschrak nicht vor ihm. Ich hatte ihn erwartet. Sein silbrig graues Haar war zu zwei langen Zöpfen geflochten, er trug eine einzige Adlerfeder, und sein Blick kannte mich. Wir sprachen kein Wort. Wir rührten uns lange nicht. Nie zuvor hatte ich einen Geist getroffen. Ich wusste nicht, woher er kam. Ich fragte ihn nicht, aus Angst, die Frage könnte ihn vertreiben. Er streckte seine Hand nach mir aus. Ich fühlte sie: sehnig, warm, sie führte mich. Ich fragte ihn, wer ich bin. Und er nannte mich Namid. Dann schlug er die Trommel, und ich tanzte auf dem Dachboden, unter den Balken, und die Spinnen sahen mir zu. Und die Trommel war mein eigenes Herz. Ich tanzte und tanzte und wusste, ich würde immer Namid sein. Die, die mit den Sternen tanzt.
Ich kleidete mich weiterhin wie die Weißen, und ich sprach wie sie. Es fiel mir nicht schwer zu lügen. Sie bemerkten nicht, dass ich ihren Weisungen nur zum Schein folgte. Ich habe ihnen nicht gezeigt, was ich fühlte. Ich habe ihnen *nie* gezeigt, was ich fühlte. Sie wussten nicht, dass meine Seele nicht war wie die ihre. Sie traf keine Schuld.
Auch den weißen Mann nicht, der mein Vater sein wollte und dessen Hand mich schlug. Sie hatten verschimmelte Essensreste gefunden auf dem Dachboden, auch Erbrochenes. Mein starres Gesicht brachte ihn zum Weinen. Ich fühlte keinen Schmerz, als er mich schlug, und ich sagte

es ihm. Es tröstete ihn nicht. Sie brachten mich zurück ins Reservat. Meine Anishinabe-Eltern waren glücklich; sie hatten nicht gewusst, wo ich die ganze Zeit gewesen war und ob ich überhaupt noch lebte. Aber auch sie kamen nicht mehr mit mir zurecht. Sie hatten längst ein neues Kind, einen kleinen Jungen namens John. Ich sprach kaum, nicht mit meinen Eltern, nicht mit meinem Bruder. Sie schenkten mir mit Perlen bestickte Mokassins und ein *Glöckchenkleid*. Sie nahmen mich mit zu einem *Powwow,* und ich lernte von Neuem, was ich fast verlernt hatte: zu tanzen. Von nun an tanzte ich. In der Nacht tanzte ich meinen eigenen Geistertanz. Ich tanzte, statt zu reden. Ich tanzte, statt zu essen. Ich tanzte, statt zu schlafen. Auch mein richtiger Vater weinte um mich. Er spürte, wie verletzt ich war, weil er selbst eine Wunde hatte, die nicht heilen wollte. Ich blieb nur kurze Zeit bei ihnen, dann wurde ich ihnen erneut weggenommen. Der Polizist kam, der jetzt hier auf dieser Insel ist. Er brachte mich und die anderen Kinder zum Zug. Sie bewachten uns, bis die Nonnen uns in Empfang nahmen.

Am Anfang waren sie begeistert von mir: eine Wilde, die schon lesen und schreiben konnte! Aber ich war auch Namid. Tanzte in der Nacht im Schlafraum, sprach zu einem Geist, den niemand außer mir sah. Redete in meiner Sprache, um die Worte meiner richtigen Eltern nicht zu vergessen. Spuckte ihnen ihr Essen ins Gesicht, erbrach auf ihre Teller. Ich sah über ihren Zaun hinweg, über den *Black Lake*, und erblickte diese Insel hier. Ich war schon immer eine gute Schwimmerin gewesen, und ich wusste, dass ich all meine Kraft für eine Flucht brauchen würde. Also begann ich wieder zu essen, mich in Geduld zu üben und auf die Gelegenheit zu warten.«

Namid holte tief Luft, als wäre sie eine lange Strecke gelaufen, hob die Lider und sah Alice an.

»So, nun weißt du es, kleine Schwester Littlebird. Wir werden ihnen zeigen, wer wir sind. Wir werden uns nicht noch einmal unser Leben stehlen lassen.«

Erschöpft ließ Namid sich fallen und schlief augenblicklich in den Armen ihrer Freundin ein.

42

»Vor allen anderen!«

Der Satz traf Terry wie eine Welle, der Hass des Mannes überspülte ihn und ließ ihn nicht klar denken.

Der Pater hielt ihn immer noch fest und schüttelte ihn wütend.

Sollte Terry sich wehren, zuschlagen und davonrennen? In seiner Verzweiflung über den Zaun klettern? Er würde nicht weit kommen, das war ihm klar. Aber alles war besser, als noch einmal …

Doch er fühlte sich wie erstarrt.

John war tot. Er hatte versagt.
»Lassen Sie ihn los! Lassen Sie sofort den Jungen los!«
Terry entwand sich dem Griff des Paters mit einer heftigen Bewegung. Als er sich umblickte, sah er Elisabeth an der offenen Tür. Doch sie war nicht allein gekommen. Ein Mann und eine Frau schoben sich in den Raum. Ihre Augen glänzten schwarz vor Trauer.
Johns Eltern.
Sie wussten es schon. Die Rabenfrau musste es ihnen gesagt haben. Sie wussten Bescheid.
Ohne genau zu überlegen, was er tat, ging Terry noch einmal zu John.
Er schob beide Arme unter seinen schmalen Körper und hob ihn auf.
Die Feder steckte noch in der Hand des Jungen, als würde er sie für immer festhalten.
Johns Eltern standen bewegungslos da. Schweigend lief er mit seinem Freund in den Armen auf sie zu. Schweigend blieb er vor ihnen stehen.
»Es war ein Unfall«, murmelte Schwester Beatrice.
»Wir sprechen Ihnen unser Beileid aus«, nuschelte der Pater. »Ihr Sohn ist nun in den Händen Gottes. Wir werden für sein Seelenheil beten.«
Niemand beachtete ihn.
Terry legte John vorsichtig in die Arme seines Vaters. Er wollte etwas sagen. Aber er brachte keinen Ton hervor.
Johns Mutter streichelte ihren Sohn, strich ihm über das Haar, küsste ihn.

Dann wandten sie sich wortlos ab und verließen mit John den Raum.
Terry folgte ihnen. Elisabeth ging an seiner Seite und legte den Arm um seine Schultern. »Es tut mir leid. Es tut mir so leid.« Sie weinte. Und jetzt kamen auch Terry die Tränen.
Auf dem Schulhof stand der Hubschrauber.
Die Schüler, die zum Holzhacken eingeteilt waren, ließen ihre Arbeit liegen, flüsterten miteinander und starrten Johns Eltern an.
Terry blinzelte und glaubte seinen Augen nicht zu trauen. Wie ein großer Raubvogel, der sich verflogen hatte, wartete der Helikopter auf dem Platz.
Johns Eltern liefen mit ihrem Sohn auf ihn zu.
»Sie müssen noch mitkommen zum Direktor, die Formalitäten klären und ein paar Papiere ausfüllen und unterschreiben!«, sagte die Rabenfrau, die aus dem Schulgebäude gelaufen kam. Sie wedelte mit einem Stapel Blätter in der Hand herum.
Aber auch auf sie achtete niemand.
»Es geht außerdem um Ihre Tochter, um Shirley. Sie wird immer noch vermisst. Aber wir haben Grund zur Annahme, dass sie lebt und dass wir sie bald wieder in unsere Obhut nehmen werden. Lassen Sie uns doch im Büro des Direktors über alles reden!«
»Wo ist sie?«, fragte Johns Mutter. »Wo ist Namid?«
»Ihre Tochter … äh … Shirley … Also, wie gesagt, sie hat sich unerlaubt entfernt. Es wird gerade nach ihr gesucht. Wir haben einen erfahrenen Polizisten damit beauftragt.

Er wird sie aufspüren und zurückbringen, verlassen Sie sich darauf.«

»Ihr stehlt unsere Kinder und denkt, ihr könnt sie wie euer Eigentum behandeln. Aber sie sind nicht euer Eigentum!«, sagte Johns Vater mit erstarrter Miene. »Ihr habt unseren Sohn getötet. Wir werden nicht zulassen, dass ihr auch noch unsere Tochter tötet. Sie ist ein freier Mensch. Sie will nicht in eurer Gefängnisschule leben. Wir werden sie zu uns zurückholen!«

»Sie wissen, dass das nicht zulässig ist«, sagte der Pater. Er schwitzte und wischte sich die Stirn. Er wirkte klein und dick neben Johns Vater.

»Eher gehe ich in ein Gefängnis, als dass ich meine Tochter auch nur einen Tag hier an diesem Ort des Todes lasse!«

»Aber …«

»Seht ihr die Möwen, die gerade über unseren Köpfen fliegen? Versucht sie aufzuhalten. Es wird euch nicht gelingen!«

Der Pater stand mit offenem Mund da, als hätte ihn der Blitz getroffen.

Johns Mutter holte eine hellblaue, mit den Zeichen ihres Volkes bestickte Decke aus dem Hubschrauber, nahm John behutsam aus den Armen ihres Mannes und wickelte ihn hinein.

Terry kam es vor, als würde John immer kleiner werden. Als würde sein Leben rückwärtslaufen.

»Geh an deine Arbeit!«, zischte die Rabenfrau, die plötzlich auf ihn zukam. Aber Terry nahm kaum wahr, was sie sagte.

Und Elisabeth schob sich ein Stück vor ihn, als wollte sie ihn schützen.
Die Rabenfrau runzelte die Stirn und lief dann kopfschüttelnd davon. »Das werde ich melden!«
Terry wusste nicht genau, was sie meinte. Aber es interessierte ihn auch nicht. Er konnte nur an John denken, der gestern noch gelebt hatte.
Elisabeth flüsterte ihm etwas zu. Doch ihre Stimme war so leise, dass er sie kaum hörte. Er glaubte nur, das Wort »Fliege« zu verstehen.
Fragend blickte er in ihr verweintes Gesicht.
»Das ist *die* Gelegenheit«, wisperte sie schluchzend. »Mach schon! Mach die Fliege. Im wahrsten Sinne des Wortes.« Sie schnaubte in ein Taschentuch.
Terry sah zu dem Hubschrauber hinüber. John und seine Eltern waren bereits eingestiegen. Der Propeller begann sich zu drehen.
»Jetzt oder nie, oder willst du der Nächste sein?« Elisabeth drückte seinen Arm, und plötzlich begriff Terry, was sie meinte. Und er verstand auch, dass die Berührung ein Abschied sein sollte.
»Ich lenk den Pater ab. Mach's gut, Jungchen. Und warte nicht auf eine bessere Gelegenheit. Es kommt nämlich keine.«
Terry nickte kaum merklich und murmelte einen Dank in seiner Sprache.
»Grüß das Vogelmädchen von mir«, flüsterte Elisabeth noch.

Dann lief sie auf den Pater zu, und gerade als Terry sich fragte, wie sie ihn ablenken würde, versetzte sie dem Mann eine schallende Ohrfeige.

»Sie wissen schon, wofür!«

Einige Schüler lachten.

Der Wind des Propellers ließ die Trachten der Nonnen flattern. Die Rabenfrau hielt krampfhaft ihre Haube fest, während sie mit der anderen Hand nach Elisabeths Arm griff.

Terry stand direkt neben dem Cockpit. Er sah Johns Vater hinter der Scheibe und gab ihm ein kleines, unauffälliges Zeichen.

Der Hubschrauber hob ein Stück vom Boden ab und schwebte ein Stück über der Erde. Hatte Johns Vater die Geste nicht bemerkt? Oder wollte er Terry nicht mitnehmen, um keinen zusätzlichen Ärger zu riskieren?

Terry rannte auf den Helikopter zu, er sprang mit aller Kraft, und gleichzeitig öffnete sich die Tür. Kräftige Arme griffen nach ihm, und Johns Vater zog ihn sicher an Bord.

Die Tür schlug zu, der Hubschrauber gewann rasch an Höhe und drehte dann ab.

Terry blickte noch einmal hinunter.

Er sah die Schule, die nichts weiter als ein Gefängnis war.

Er sah die Schüler in ihrer Einheitskleidung.

Er sah Bill, der zwei gespreizte Finger hob.

Er sah Elisabeth, die ihm zuwinkte.

Er sah den Pater, der die Fäuste ballte.

Er sah die Rabenfrau, die wie ein schwarzer Schatten wirkte und ihm bitter nachblickte.

Er sah den Zaun, über den sie hinwegflogen, als wäre er nur ein kleines, unbedeutendes Hindernis.
Er sah den *Black Lake*, seine gekräuselte Oberfläche, die kleinen Wellen, zwei Gänse, die ihre Flügel schwangen.
Er sah seinen Freund John, der tot in den Armen seiner Mutter lag.
»Ich weiß, wo eure Tochter ist«, sagte er leise.

43

Am Abend verließen die Mädchen das Baumhaus und liefen zum See. Sie hatten lange geschlafen, in etwas unbequemer Haltung zwar, aber sie fühlten sich ausgeruht und wach.
Sie wateten durch das Wasser und kletterten auf den flachen Felsen, der noch warm war von der Sonne, die gerade unterging. In kurzer Zeit fingen sie zwei Fische, die groß genug für eine Mahlzeit waren, und sammelten Krebse, Schnecken und Muscheln. Als sie zurück an Land wollten, hörten sie ein Plätschern in ihrer Nähe.
»Was ist das?«
»Ich weiß nicht«, flüsterte Namid.
Die Mädchen legten sich auf den Stein, lauschten und warteten ab.

Das Plätschern schien aus der Gegend hinter den Büschen am Ufer zu kommen. Es klang gleichmäßig und leise.
»Schwimmen wir hin?«
Alice zuckte mit den Schultern. »Und wenn *er* nun dort hockt und auf uns wartet?«
»Es klingt nicht nach einem Menschen.«
»Wonach klingt es dann?«
»Wenn du Angst hast, kann ich auch allein nachsehen.«
»Ich habe keine Angst!«, sagte Alice eine Spur zu laut und ließ sich vom Felsen ins Wasser gleiten. Eine plötzliche Kälte umfing sie, und ein komisches Quietschen kam aus ihrer Kehle.
Namid lachte nervös, schob die Beute in eine der Felsspalten und folgte Alice.
Beinahe lautlos bewegten sie sich vorwärts. Sie schwammen nebeneinander, rote Sonnenfunken tanzten auf der Oberfläche des Wassers. In der Abenddämmerung wirkte alles friedlich. Doch der schöne Schein konnte trügen.
Es war ein Boot, ein Kanu, das sacht auf dem See schaukelte. Kleine Wellen schlugen rhythmisch gegen die Bordwand. Es lag am Ufer, und sie schwammen schnell näher heran.
»Da ist niemand«, flüsterte Namid.
»Oder er liegt in dem Kanu und schläft.«
»Oder er ist wach und wartet dort auf uns.«
»Du meinst, es könnte eine Falle sein?«
Statt zu antworten, erhob sich Namid im Wasser, das ihnen nur noch bis zum Bauch reichte, und stapfte auf das Boot zu. »Sag ich doch: Da ist niemand.«

Alice folgte ihr, aber dann sah sie, wie Namid eine Decke anhob und einen erschrockenen Laut von sich gab. »Oh nein!«
»Was ist?«
Namid angelte etwas aus dem Kanu: ein bewegungsloses Tier mit weißem Fell.
Alice starrte entsetzt das Kaninchen an. »Ist es tot?«
»Sieht ganz so aus. Hier ist noch mehr … mehr Jagdbeute.« Namid beugte sich dichter über das Boot. »Ein Biber.«
»Ich habe keinen Schuss gehört.«
»Wahrscheinlich hat er hier irgendwo Fallen aufgestellt. Vielleicht ist er nicht zum ersten Mal auf der Insel.«
Alice tastete das Ufer mit unruhigen Blicken ab. »Was ist, wenn er zurückkommt? Wir sollten von hier verschwinden.«
»Ja, aber erst stechen wir ihm ein hübsches kleines Loch in sein Boot.« Namid hielt ein Messer hoch. »Und die Beute nehmen wir mit.«
»Bist du sicher? Er wird wütend auf uns werden!«
»Mag sein. Aber ohne Kanu kann er uns nicht auf die andere Seite bringen.«
Alice hielt mit mulmigem Gefühl Wache, während Namid sich am Bootsrumpf zu schaffen machte.
Sie hämmerte gleichmäßig. Es klang wie das Klopfen eines Spechtes. Und zum Glück dauerte es nicht besonders lange.
»Geschafft!«, sagte sie zufrieden. »Hörst du das Plätschern? Das Wasser sprudelt hinein.«
Alice seufzte. Sie war sich nicht sicher, ob es ratsam war,

das Boot eines Polizisten zu versenken. Vermutlich würden sie mächtigen Ärger bekommen, wenn das rauskam, andererseits hatten sie den Ärger ja sowieso schon am Hals. Namid schien weniger besorgt.

»Ich hole mal schnell die Fische!«, rief sie, als sie das Ufer erreichten. »Hier, nimm!«

Alice konnte das Kaninchen gerade noch so auffangen. Sie hielt es fest und streichelte es. Sein Fell fühlte sich sehr weich an und kam ihr merkwürdig warm vor. Vielleicht hatte es vorher in der Sonne gesessen, und die Wärme hielt sich im Pelz?

Doch plötzlich spürte sie deutlich den Herzschlag in ihrer Hand, und das Tier begann wie wild zu zappeln.

Alice kreischte auf.

Das Kaninchen schlüpfte aus ihren Armen und sprang. Benommen hoppelte es davon und zog dabei ein Bein nach.

»Na, sieh mal einer an.« Namid lachte. »Alice Littlebird erweckt sogar ein totes weißes Kaninchen wieder zum Leben.«

»Oh! Es ist nur verletzt. Wahrscheinlich hat es sich tot gestellt.«

Namid betrachtete nachdenklich den Biber. »Dem ist aber nicht mehr zu helfen«, stellte sie fest und legte ihn auf die Erde. »Bin gleich zurück.«

Alice sah ihr nach.

Der Felsen lag nicht weit entfernt. Es konnte nicht lange dauern, bis Namid die Fische brachte. Trotzdem beschlich Alice ein Gefühl von Angst.

Sie lauschte eine Weile.
Zunächst blieb es ruhig. Doch dann …
Das Knurren, das sie hörte, war sehr deutlich zu vernehmen. Dann tauchte der Puma aus einem Gebüsch ganz in ihrer Nähe auf. Blätter umrahmten sein Gesicht.
Das Tier blickte sie an. Und Alice blieb nichts anderes übrig, als zurückzublicken.
Die Augen leuchteten, und sie stellte fest, dass der Puma schön war. Er wirkte dünn, abgemagert, aber auch edel und stark. Im Schein der untergehenden Sonne schimmerte sein Fell. Von den Wunden, die ihm Namid zugefügt hatte, war nichts mehr zu sehen. Er sah friedlich aus, als könnte er keiner Fliege etwas zuleide tun. Sein Schwanz mit der dunklen Spitze schlug rhythmisch und gemächlich. Doch als er Alice anfauchte und ihr seine Zähne zeigte, wusste sie, dass dieser Eindruck täuschte. Er würde im nächsten Moment über sie herfallen. Und sie konnte nichts dagegen tun.
Er fauchte ein paarmal hintereinander, als genügte das eine Mal nicht, um sie in Angst und Schrecken zu versetzen.
Alice geriet in Panik. Ihre mit Pfeil und Bogen bewaffnete Freundin kletterte auf dem Felsen herum, sammelte die Fische, Krebse und Muscheln ein und bekam von dem, was hier geschah, nichts mit.
Vielleicht sollte Alice schreien, um sie zu warnen? Aber ihre Kehle schnürte sich in diesem Augenblick zu.
Sie hatten ihn hergelockt. Der Puma war ein Nachttier. Wahrscheinlich hatte er ausgiebig geschlafen, war gerade

erst aufgewacht und jetzt hungrig. Er konnte sie hören und riechen. Wieso waren sie so unvorsichtig gewesen?
Nur zwei, drei Schritte trennten das Raubtier noch von Alice, und es bewegte sich immer noch auf sie zu. Sein Geruch stieg ihr in die Nase. Sie sah seine starren Pupillen. Er verharrte in der Bewegung und knurrte sie an.
Alice dachte daran, sich langsam zurückzuziehen, doch sie blieb stehen. Weglaufen war sinnlos. Und das Knurren klang auch nicht wirklich bedrohlich; es klang eher so, als wollte ihr die Raubkatze etwas mitteilen.
»Ich verstehe dich«, brachte Alice leise hervor. »Du hast Hunger und musst überleben. So ging es mir auch. Es ist sicher keine Schande, einem edlen Tier wie dir als Nahrung zu dienen.« Sie lächelte dem Puma zu und fühlte auf einmal keine Angst mehr. Einen Herzschlag lang schien die Zeit stillzustehen.
Doch im nächsten Moment kam er erneut näher – und schnappte sich den Biber, der vor ihren Füßen lag. Packte ihn mit den Zähnen und lief tänzelnd davon.
Alice sah ihm ungläubig nach. Ein Glucksen saß in ihrer Kehle, das hinauswollte. Doch diesmal war es kein Schluckauf. Alice begann zu lachen, sie kicherte noch, als Namid auftauchte.
»Die Nacht der Wunder«, murmelte ihre Freundin, als sie hörte, was passiert war. »Dabei hat sie noch gar nicht richtig angefangen.«
Die Mädchen blickten auf den See hinaus. Auf dem Wasser lag immer noch ein roter Schimmer, als wollte die Sonne

sich diesmal ganz besonders langsam von ihnen verabschieden.
Einige Momente lang war es still.
Doch auf einmal lag ein Surren in der Luft, und Alice hielt Ausschau nach dem Insekt oder was auch immer es war.
Da griff Namid plötzlich nach ihrer Hand. »Siehst du, was ich sehe?«
Alice starrte in die Richtung, in die Namid zeigte.
»Ich träume doch nicht, oder?«
Alice schüttelte den Kopf.
Am Horizont tauchte ein Hubschrauber auf. Das Surren verwandelte sich in ein gleichmäßiges Knattern, das nach und nach lauter wurde und schließlich zu einem ohrenbetäubenden Lärm anschwoll.
Die Maschine kam schnell näher, überzog den See mit kräuselnden Wellen und schien direkt auf sie zuzuhalten.
»Wer sind die denn?«, schrie Alice gegen den Lärm an. »Suchen die uns? Sollten wir nicht wegrennen und uns verstecken?«
Namid schien sie nicht zu hören. Sie sah kein bisschen ängstlich aus. In ihren Augen lag ein Glanz, der vorher nicht da gewesen war, und auf ihrem Gesicht zeigte sich ein Leuchten.
»Es ist der Vogel, der Riesenvogel aus meinem Traum!« Namid lächelte und sah Alice an. »Verstehst du, was das bedeutet?«
Dann begann sie rhythmisch auf die Erde zu stampfen, bewegte die Füße im wechselnden Takt, drehte sich und

schwang die Arme, als wären sie die Flügel eines Adlers. Alice brauchte einen Moment, ehe sie begriff, dass das Sternenmädchen tanzte.

44

»Da sind sie!«, rief er erstaunt.
Terry legte das Fernglas ab. Er hatte sich vorgestellt, dass sie lange im Wald nach den Mädchen suchen mussten. Doch die beiden schienen sich ziemlich sicher zu fühlen: Seine Schwester in ihrem hellen Wildlederkleid und ein größeres Mädchen, das etwas blau-rot Kariertes trug, waren deutlich zu erkennen.
»Sie sind genau unter uns!«

Sie landeten auf einer grasbewachsenen Fläche, und Terry sprang als Erster aus dem Helikopter.
Seine Schwester stand unbeweglich wie eine Statue auf der Wiese, während Shirley um sie herumtanzte. Es war ein merkwürdiger Anblick, doch Terry ließ sich nicht irritieren und lief auf Alice zu.
Ungläubig blickte sie ihm entgegen. Sie rührte sich kein Stück von der Stelle – als wäre sie wie ein Baum dort festgewachsen.

»Alice!«, rief er so laut, als müsste er sie wecken. »Schwester!«
»Terry … Bist du es *wirklich*?«, fragte sie ihn, als er sie in die Arme schloss.
Er lachte. Und er war sich nicht sicher, ob sein Lachen nicht eher ein Schluchzen war. »Ist alles in Ordnung? Geht es dir gut?« Er hielt sie fest und drückte sie an sich.
»Bist du tatsächlich hier? Ich habe so oft geträumt, dass du zurückkehrst.«
»Meine Gedanken waren auch bei dir, Alice. Die ganze Zeit. Ich habe mir Sorgen gemacht. Wie ist es dir ergangen?«
»Der Sturm hat unser Tipi zerpflückt, ich habe Kirschen gegessen und bin vom Baum gefallen, es gibt weiße Kaninchen und einen Puma auf der Insel, er wollte mich angreifen, aber zwei Gänse haben mich beschützt, ich habe ein Haus gefunden, oder das Haus hat mich gefunden. Mich hat eine Wespe gestochen. Und dann traf ich Namid.«
Sie löste sich von ihm und blickte ihren Bruder an. »Deine Haare!«, rief sie erschrocken.
Terry fuhr über seine Glatze. »Halb so schlimm. Die wachsen wieder.« Er streckte die Hand aus und strich seiner Schwester eine Strähne aus dem Gesicht. »Deine sind ja auch schon wieder länger geworden.«
»Wenn man nicht mehr so traurig und allein ist, wachsen sie schneller.«
Namid hatte aufgehört zu tanzen und ging langsam auf ihre Eltern zu, die neben dem Hubschrauber standen und auf sie warteten.

»Du musst mir später alles ganz genau erzählen«, sagte Terry. »Wir sollten fliegen, bevor es dunkel wird.«
Er legte den Arm um sie, und Alice schmiegte sich Halt suchend an ihn.
Als sie auf den Helikopter zugingen, löste sich aus dem Schatten eines Baumes plötzlich eine Gestalt. Der Mann trug ein Gewehr, und Terry erkannte ihn sofort. Es war der Polizist, er richtete seine Waffe beinahe langsam auf ihn. Ein metallisches Klicken war zu hören.
»Ich will nur die Mädchen«, sagte er. »Ich habe den Auftrag, sie in die *Residential School* zurückzubringen. Ihr könnt von hier verschwinden, aber die Mädchen nehme ich mit.«
Mit einer Armbewegung schob Terry seine Schwester hinter sich. »Niemals, und das weißt du. Sie gehören nicht in diese Gefängnisschule. Niemand gehört dorthin.«
Sie redeten ganz ruhig miteinander, als wären sie Nachbarn, die sich über das Wetter unterhielten. Nur dass da ein Gewehr war, das auf Terry zielte.
»Geh einfach aus dem Weg und gib mir deine Schwester!«, forderte der Polizist. »Dann passiert niemandem etwas.«
»Was willst du sonst machen? Mich erschießen?« Terry spürte eine unbändige Wut in sich aufsteigen. »Wie viele Kinder sollen noch sterben?«, schrie er. »Siehst du die Menschen, die dort stehen? Sie haben gerade ihren Sohn verloren, *meinen Freund John!* Sie sind gekommen, um wenigstens ihre Tochter zu retten! Und sie werden sie mitnehmen, du kannst nichts daran ändern, es sei denn, du tötest uns alle!«

Der Mann schwieg. Seine Miene blieb starr und ausdruckslos.

»Ist es das, was du willst? Uns erschießen, Leute deines eigenen Volkes? Und wofür? Für Geld? Und was machst du dann mit diesem Geld? Wirst du mit diesem Geld tatsächlich reicher?«

Terry trat einen Schritt vor und stand auf einmal direkt vor dem Gewehrlauf. Er wusste nicht, woher er den Mut nahm. »Wenn du so denkst, dann musst du jetzt schießen. Denn Alice Littlebird wird nicht mit dir gehen. Und ich werde dir meine Schwester nicht geben. Sie gehört nämlich niemandem außer sich selbst. Wir sind kein Eigentum der Nonnen und des Paters! Und auch Namid wird nach Hause zurückkehren, dahin, wo sie hingehört! Wo sie geboren wurde, wo unsere Herzen schlagen – bei unseren Familien. Ihre Eltern, die in Trauer sind, werden ihre Tochter niemals an diese Schule, die ihren Sohn getötet hat, ausliefern!«

Terry atmete schwer, Tränen standen ihm in den Augen, aber er hielt sie zurück.

Der Polizist schwieg. Er zielte weiter auf Terry. Aber etwas veränderte sich in seinem Gesicht, in seinem Blick.

»Mir musst du nichts erzählen«, stieß er schließlich heiser hervor. »Ich war selbst Schüler dieser Schule.«

Langsam ließ der Mann die Waffe sinken. Und dann wandte er sich von Terry ab und lief davon, auf das verfallene Haus zu.

45

Als sie von der Erde abhoben, konnte Alice den Polizisten erkennen, der auf der Veranda der Fischerhütte stand, zu ihnen hochblickte und das Gewehr anhob.
Wollte er etwa doch noch auf sie schießen? Aber es sah eher nach einem Winken aus.
Namids Vater, der auf dem Pilotensitz saß, ließ die Maschine noch ein Stück höher steigen. Nur kurze Zeit später flogen sie in einer großen Runde über die Insel.
Terry hockte dicht neben Alice. Immer wieder sah sie zu ihm, als könnte er plötzlich wieder verschwinden. Auf ihrem Schoß lag das Buch. *Alice im Wunderland*. Es war immer noch aufgequollen und schmutzig. Aber sie konnte in ihm blättern, wenn sie wollte, die Bilder ansehen und auch ein paar Worte lesen.
Namid schwieg die ganze Zeit. Wie betäubt, mit leerem Gesichtsausdruck, rieb sie sich über die Arme, als wäre ihr kalt. Zu ihren Füßen lagen Pfeil und Bogen. Hier in der Maschine wirkten diese Dinge irgendwie fehl am Platz, wie aus einer anderen Zeit – als läge das Abenteuer auf der Insel schon lange zurück.
Neben ihr summte ihre Mutter leise ein Kinderlied. Sie hielt das Bündel im Arm. Das in die Decke gewickelte Kind. John.
Die Geräusche des Hubschraubers kamen Alice wie das Geschnatter von Gänsen vor. Sie hielt nach ihnen Ausschau – nach den Vögeln, die sie immer wieder begleitet

hatten. Aber von hier oben konnte sie nur die Baumkronen erkennen. Sie sahen wie ein Meer aus, das allmählich dunkler wurde und sich mit dem *Black Lake* verbündete. Sie wusste, dass sie ihre Insel vermissen würde. Nicht nur die Gänse, auch die weißen Kaninchen, das Rauschen, das aus dem Schilf kam, die Fische, die im kristallklaren Bach und im See herumschwammen und vor ihrem Schatten flohen, den nach Beute Ausschau haltenden Reiher, den kleinen Hirsch, der durch die Büsche sprang, und sogar den Puma. Die Insel schien immer kleiner zu werden. Doch Alice wusste, dass sie in Wahrheit groß war und für sie immer groß bleiben würde.
Ohne die Insel wäre sie verloren gewesen.

46

»Ich habe ihn nie richtig kennengelernt. Und ich konnte mich nicht von ihm verabschieden.«
Namid weinte nicht, immer noch nicht, auch bei der Beerdigung am Vormittag hatte sie nicht geweint, aber ihre Stimme klang anders als sonst.
Sie standen noch einmal an Johns Grab, das aus einem Sandhügel bestand und noch ohne Stein war. Später würden Alice und Terry von ihren Eltern abgeholt werden.

Alice legte einen Arm um die Freundin. Sie wusste nicht, was sie sagen sollte.
»Grüß meine Schwester von mir«, murmelte Terry.
Namid blickte ihn verunsichert an.
»Das hat er zu mir gesagt, als ich das letzte Mal mit ihm sprach. Es ist mir gerade erst wieder eingefallen. Ich dachte damals, er ist wegen des Fiebers verwirrt. Aber John hat es gewusst. Er hat gewusst, dass er sterben würde. Es war nicht einfach nur ein Satz. Er hat gesagt …« Terry atmete tief ein. »Grüß meine Schwester von mir, Bruder.«
Traurig sah er zu Namid. Sie öffnete den Mund, aber sie brachte keinen Ton heraus. Sie schluckte nur ein paarmal. Und endlich liefen Tränen über ihr Gesicht.
»Ich verstehe ihn«, sagte Alice leise, als wollte sie für ihre Freundin sprechen. »Wir sind jetzt deine Geschwister, Namid. Mein Bruder ist dein Bruder, und ich bin sowieso schon lange deine Schwester. Wir werden in Verbindung bleiben. Unser ganzes Leben lang.«
Terry nickte. »So hat es John gewollt, und ich will es auch.«
»Und außerdem musst du mir noch das Bogenschießen beibringen«, fügte Alice hinzu. »Du hast es versprochen.«
Namid konnte immer noch nichts sagen, aber langsam zeigte sich ein Lächeln auf ihrem Gesicht.
Auf einmal kam ein Wind auf, fuhr über sie hinweg und trocknete ihre Wangen. Namid stellte sich auf die Zehenspitzen, streckte der Bö ihre Arme entgegen – und es sah aus, als würde sie ein Stück angehoben.
Beinahe gleichzeitig hörte Alice Vogelrufe und den Schlag

von Schwingen. Gänse! Es war ein ganzer Schwarm, sie schienen mit ihren dunklen Körpern den Himmel zu füllen. In einem Keil zogen sie durch die Lüfte – wie ein Pfeil, der in eine Richtung wies: in die Welt hinaus … Kein Zaun konnte sie aufhalten.

47

Etwa ein Jahr später

Alice saß in einem der drei Räume der kleinen Reservatsschule – einer einfachen Baracke, von der die Farbreste bröckelten – und schrieb die Frage von der Tafel ab. Sie schrieb mit links, niemand scherte sich hier darum, welche Hand sie benutzte, auch wenn ihre Schrift etwas kraklig aussah. Es waren englische Wörter, aber meist redete der junge Lehrer, der ihrem Volk angehörte, auf Cree mit ihnen. Mr Wood war erst vor ein paar Wochen zu ihnen gekommen – frisch von der Universität. Meist trug er Jeans und ein dunkelblaues Hemd, und wenn er mit den Kindern draußen Ball spielte, baumelten seine geflochtenen Zöpfe hin und her.

Während des Unterrichts rutschte ihm manchmal das Stück Kreide oder das Lehrbuch aus der Hand, und einmal hängte er die Landkarte von Kanada falsch herum auf. Wenn das Kichern der Kinder ihn auf seine Fehler aufmerksam machte, lachte er verlegen und scherzte über sich selbst, bat um Geduld.

»Ich übe noch, Kinder. Wir können es ja so machen: Ihr lernt von mir und ich von euch, einverstanden?«

Alice hatte wie die anderen genickt, denn sie mochte ihren Lehrer. Doch in Wahrheit wusste sie nicht so recht, was sie davon halten sollte. Was wollte er von ihr lernen?

»In unserer letzten Unterrichtsstunde heute geht es um

besondere Begabungen und Fähigkeiten«, sagte Mr Wood und klatschte sich den Kreidestaub von den Händen. »Habt ihr alle die Frage abgeschrieben?« Er klopfte auf die Tafel. »*Welches Talent habe ich?*, lautet unser Motto. Ich weiß, ihr seid schon etwas müde und wollt lieber im Schnee toben. Aber vielleicht fällt euch dazu noch etwas ein?«
Geistesabwesend blickte Alice aus dem Fenster und sah dem Schneetreiben zu.
Seit einigen Tagen schneite es nun schon. Dicke Flocken tanzten vom Himmel und legten einen weißen Teppich über die Landschaft. Wie so oft, fast jeden Tag seit über einem Jahr, dachte sie an Namid. Sie hatte schon lange nichts mehr von ihr gehört. Lebte sie mit ihren Eltern noch im Wald? Auch im Winter? Und gingen sie nach wie vor auf die Jagd? Einmal war ein Brief von ihr gekommen. *Ich vermisse unsere Insel, und ich vermisse dich* – so lautete der letzte Satz. Alice hatte sofort zurückgeschrieben: *Irgendwann, vielleicht in den Sommerferien, werde ich dich besuchen.*
»Jeder von euch kann doch etwas gut, oder?«, fragte Mr Wood. »Henry kennt sich mit Hunden aus und kümmert sich sogar um einen Welpen.«
Der Junge, der zwei Jahre jünger war als Alice, reckte stolz den Kopf.
»Und Jane besitzt Talent in der Perlenstickerei. Wer hat dir das beigebracht?«
»Meine Urgroßmutter«, sagte Jane lächelnd und strich über das breite Armband mit den blauen Blumen und den lilafarbenen Blattornamenten.

»Und Alice, die gerade den Schnee da draußen interessanter findet, was kann sie Besonderes?«
Alice runzelte die Stirn, blickte Mr Wood verärgert an und verschränkte die Arme. »Nichts.«
»Oh, stimmt das, Kinder?« Mr Wood sah sich in der Klasse um und drehte sich dabei im Kreis, als würde er einen Tanz aufführen.
»Sie liest schön vor«, sagte der kleine Norman Blackhawk, der in der ersten Reihe saß. Er gehörte zu den Jüngsten hier.
»Richtig«, sagte Mr Wood. »Sie hat uns aus *Alice im Wunderland* vorgelesen. Wer mochte die Geschichte?«
Norman riss seine Hand sofort nach oben. Er wandte sich zu Alice um und grinste sie fröhlich an. Unwillkürlich lächelte sie zurück. Nach und nach meldeten sich immer mehr Kinder.
Nur drei der älteren Schüler beteiligten sich nicht, sie schienen sich zu langweilen.
Mr Wood wanderte in der Klasse umher und blieb in der letzten Reihe stehen. »Und Luke kann toll schnitzen. Jedenfalls hat seine Bank schon interessante Muster.«
Einige Kinder lachten, und Luke, der erst vor kurzem aus einer *Residential School* geflohen war und im Reservat bei seinen Großeltern lebte, warf Mr Wood einen finsteren Blick zu und rutschte auf seinem Stuhl etwas tiefer.
Alice lachte nicht.
Luke war sehr schweigsam, und manchmal zuckte er zusammen, wenn Mr Wood seinen Schlüssel fallen ließ oder

wenn eine Tür plötzlich aufsprang, weil ein Schüler zu spät kam. Alice kannte das. In der Zeit nach ihrer Rückkehr hatte sie bei jedem lauten Klopfen befürchtet, die Rabenfrau würde kommen und sie holen. Und Terry wachte noch heute nachts schreiend auf.
Ob Luke wohl auch jede Nacht Alpträume hatte?
Ihr Bruder ging auf eine Schule außerhalb des Reservats, in der die älteren Schüler unterrichtet wurden. Er trainierte in einer Hockeymannschaft, machte bei Wettkämpfen mit und hatte neue Freunde. Aber manchmal, wenn ein Alptraum besonders schlimm gewesen war, blieb er zu Hause, spielte mit den kleinen Geschwistern Kimi und Ahanu und half seiner Mutter beim Kochen und Backen. Wenn Alice an solchen Tagen aus der Schule kam, lief er mit ihr an den See, und sie redeten über die Insel und über Namid, über die Gänse, die weißen Kaninchen und den Puma.
Über die *Black Lake Residential School* sprachen sie nie.
»Und was kann Norman wirklich gut?«, fragte Mr Wood.
Der Kleine zuckte mit den Achseln und hob ratlos die Hände.
»Er kann toll trommeln!«, rief Alice.
»Genau. Das ist das Stichwort!« Mr Wood holte aus dem Schrank die Handtrommeln heraus und begann sie zu verteilen. Einige Kinder stöhnten.
Mr Wood hatte die Instrumente mitgebracht, kurz nachdem er Lehrer an der kleinen Schule geworden war, er ließ seine Schüler gern am Ende des Unterrichtstages trommeln. Nicht immer ergab das einen gemeinsamen Rhyth-

mus, aber nach und nach wurden sie besser. Und wenn eine Melodie zustande kam, tanzten sie manchmal im Kreis dazu.

Alice stapfte auf Schneeschuhen am zugefrorenen See entlang. Sie trug einen warmen Mantel, Handschuhe und die neuen Wintermokassins, die ihre Großmutter mit Perlen bestickt und Kaninchenfell gefüttert hatte. Das Muster der Perlen erzählte von der Insel: An der Seite liefen kleine Kaninchen entlang, vorn leuchteten Gänsefedern, und in der Mitte prangte die Tatze des Pumas.
Alice hatte noch nie so schöne Mokassins besessen.
Es schneite nicht mehr. Die Abendsonne kam hinter dunkelblauen Wolken hervor und zauberte ein Glitzern auf den Schnee, das Alice einen Moment blendete. Ein frischer Wind wehte, die Böen trieben Eiskristalle vor sich her.
Menschen begegneten Alice nicht, nur ein streunender Hund kreuzte ihren Weg, knurrte sie leise an und lief weiter.
Nach einer Stunde Wanderung hatte sie den Hügel erreicht, der heute weiß und unberührt war. Kein Fußabdruck war zu sehen.
Schritt für Schritt und etwas breitbeinig watschelte sie bergauf und hielt oben Ausschau nach Terry. Von hier konnte sie ins Tal hinabblicken und den Bahnhof erkennen. Die Eisenbahn zog wie eine riesige schwarze Schlange durch die blendend weiße Landschaft und verschwand hinter den Bäumen. Grauer Dampf stieg über den Wipfeln empor. Das

Hupen, Zischen, Schnaufen und Rattern war auch aus der Entfernung noch gut zu hören.
Alice wusste nicht genau, ob ihr Bruder mit dem Zug gekommen war. Manchmal blieb er auch in der Stadt bei einem seiner neuen Freunde.
Sie wartete einfach ab und sah den Atemwölkchen nach, die aus ihrem Mund schwebten.
Irgendwann bemerkte sie eine Gestalt, die sich vom Bahnhof wegbewegte und langsam in ihre Richtung lief. Alice erkannte sofort, dass es Terry war. Sie lächelte und winkte ihm zu. Auch Terry hob die Hand. Er rief etwas – sie konnte seine Worte noch nicht verstehen, aber sie nahm seine Stimme wahr und antwortete leise.
Auf ihren Schneeschuhen stapfte sie hin und her, von einem Bein aufs andere, die Trommeln aus ihrer neuen Schule kamen ihr in den Sinn. Sie bewegte sich in ihrem Takt und summte vor sich hin. Nach einer Weile begann sie zu singen: ein Lied in der Sprache ihres Volkes. Je näher Terry kam, umso lauter sang sie.
Jetzt konnte sie erkennen, dass auch er lächelte.
Sie wusste, dass sie mit ihm über Luke sprechen musste.
Der Wind wehte wieder kräftiger, wirbelte Schnee auf und ließ ihr langes Haar flattern.

NACHWORT

Die Geschichte von Alice und Terry ist ausgedacht, die *Residential Schools* in Kanada existierten tatsächlich. Die Kinder der Ureinwohner wurden jahrzehntelang ihren Eltern weggenommen, um sie in oft weit entfernten Internatsschulen umzuerziehen. Die kirchlichen (meist katholischen) Wohnschulen bekamen den staatlichen Auftrag, »den Indianer im Kind zu töten« *(»to kill the Indian in the child«).*

Die Kinder sollten keine »Wilden« mehr sein und durften ihre Sprache nicht sprechen, auch nicht außerhalb des Unterrichts. Gleich bei der Ankunft mussten sie sich vor völlig fremden Menschen komplett ausziehen, die Kleidung wurde ihnen weggenommen, sie wurden desinfiziert und entlaust, ohne Läuse zu haben und zu verstehen, was überhaupt mit ihnen passierte. Anschließend schnitt man ihnen die Haare ab, und sie bekamen mit Nummern versehene Anstaltskleidung und Schuhe, wie die Weißen sie trugen. Die Nonnen, Priester, Lehrer und anderen Aufsichtspersonen sprachen die Kinder nicht mit ihrem Namen, sondern mit der ihnen zugewiesenen Nummer an. Geschwister wurden gleich zu Beginn des Aufenthaltes voneinander getrennt. Jungen und Mädchen durften keinen Kontakt miteinander haben, sie wurden nach Alter in verschiedenen Räumen oder auch Gebäuden untergebracht – ohne die Möglichkeit, sich in der schwierigen Zeit nach der

Trennung von ihren Eltern gegenseitig zu stützen und zu helfen. Im Gegenteil: Das Sprechen mit dem Bruder oder der Schwester, sogar das Winken, wenn man sich einmal zufällig sah, war strengstens verboten. Zuwiderhandlungen wurden gnadenlos bestraft.

Viele Kinder reagierten auf diese traumatischen Erfahrungen mit Bettnässen, das wiederum gemaßregelt wurde.

Die Schülerinnen und Schüler der *Residential Schools* mussten hart arbeiten: Während die Mädchen alle Räume putzten, Wäsche wuschen und bügelten, nähten, strickten und flickten, in der Küche beim Abwasch und beim Kochen halfen, setzte man die Jungen für körperlich schwere Arbeiten ein – so mussten sie zum Beispiel Holz holen und hacken, Kohlen schleppen, heizen, Gartenarbeiten erledigen und mitunter auch auf den Farmen in der Umgebung Vieh versorgen, melken und Ställe ausmisten.

Zum Alltag gehörte vor allem auch das Beten: Der Tag begann mit dem Morgen- und endete mit dem Nachtgebet, auch mittags, nachmittags und abends wurde gebetet und sonntags noch ein bisschen mehr. Der Zugang zur Religion fehlte den Kindern meist, vor den fremd aussehenden, strengen, oft unbarmherzigen Nonnen fürchteten sie sich. Auch die Heraufbeschwörung von Teufel und Hölle ängstigte sie, und der allgegenwärtige gekreuzigte Jesus dürfte vielen ebenso unverständlich geblieben sein wie der Zwang, sich zu »Sünden« zu bekennen und zu beichten.

Ein weiteres Problem war das Essen: Nicht selten gab es Konservenkost, verdorbene Mahlzeiten oder für die Kinder unverträgliche Lebensmittel, die sie wieder erbrachen. Da keine Nahrung »verschwendet« werden durfte und Lebensmittel oft Mangelware waren, gab es einen Essenszwang (mitunter auch des Erbrochenen) auf der einen und vielfach Hunger auf der anderen Seite. Stahl ein Kind mal eine Kartoffel oder einen Apfel und wurde dabei erwischt, gab es Prügel mit einem Lederriemen oder ähnlich drastische Strafen. Misshandlung und Missbrauch waren an der Tagesordnung. Besonders bei Fluchtversuchen wurden die aufgegriffenen Kinder hart bestraft – nicht selten im Beisein der Mitschüler. Auch andere Erziehungsmaßnahmen waren brutal: Für das Sprechen der eigenen Sprache mussten Kinder Seife essen, für kleine Verfehlungen wurden sie in den Keller oder in den Schrank gesperrt, Ohrfeigen, Schläge mit Riemen und Lineal, das Ziehen an den Ohren, stundenlanges Stehen in der Ecke und Ähnliches waren alltäglich. Viele dieser Kinder wurden sexuell missbraucht.

Kontakt zu den Eltern gab es wenig, ein- und ausgehende Briefe wurden kontrolliert und im Zweifel einbehalten. Besuche fanden selten statt, und meist nur in den Sommerferien fuhren einige – längst nicht alle – Jungen und Mädchen nach Hause. Auf diese Weise entfremdeten sich viele der Kinder von ihrer Familie, ihrer Kultur und auch der eigenen Sprache.

Die Todesrate war – allein schon durch Krankheiten wie Tuberkulose und auch durch Selbstmorde (»Suizide«) – sehr hoch. Im Lauf der Jahre sollen etwa 6000 Kinder gestorben sein. Davon sind 3201 Todesfälle dokumentiert.

Die ersten Internatsschulen wurden in Kanada 1876 gegründet, ab 1920 wurde der Schulbesuch für alle Kinder der Ureinwohner obligatorisch. Die letzte *Residential School* schloss erst 1996.
Mittlerweile wird diese Art der Umerziehung als Unrecht anerkannt.
Es wurde eine »Kommission für Wahrheit und Versöhnung« *(Truth and Reconciliation Commission of Canada)* eingerichtet, die Betroffene anhörte, die oft noch traumatisiert waren von ihren Erlebnissen.
Der Premierminister von Kanada (Stephen Harper) bat 2008 offiziell um Verzeihung, und die ehemaligen Schüler erhielten eine finanzielle »Entschädigung« für ihr Leid.
Doch mit einer Erklärung und mit finanzieller »Wiedergutmachung« allein ist es wohl nicht getan. Auch die nachfolgenden Generationen sind häufig noch von den zerstörten Bindungen ihrer Eltern und Großeltern zu ihren Familien betroffen. Wahrscheinlich ist, dass viele heutige Probleme der *First Nations* – wie Depressionen, Alkoholismus und Suizide – mit dem rund hundert Jahre währenden Trauma zusammenhängen.
Boarding Schools zur Umerziehung der Ureinwohner gab es auch in den USA und Australien.
Heute werden die Kinder der Ureinwohner Kanadas in Schulen der Reservate – häufig von Lehrern der *First Nations* – unterrichtet. Die eigene Sprache ist Bestandteil des Unterrichts.

Grit Poppe, im Juli 2019

KURZ ERKLÄRT

Anishinabe	Nordamerikanisches Volk, zweitgrößte Gruppe der → *First Nations*. Ursprüngliche Bezeichnung für → *Ojibwa* (Kanada) bzw. Chippewa (USA).
Bannock	Fladenbrot aus Maismehl
Cree	Nordamerikanisches Volk, größte Gruppe der → *First Nations*.
First Nations	Begriff für die Ureinwohner Kanadas
Glöckchenkleid	Traditionelles Kleid mit Glöckchen, dem eine heilende Wirkung zugeschrieben und das bei Tänzen – z. B. beim Powwow – getragen wird.
Kitchi Manitou	Großer Geist
Mi'kmaq	Nordamerikanisches Volk
Mokassins	Schuhe der Ureinwohner Nordamerikas aus gegerbtem Hirsch- oder Elchleder.
Mountie	Kanadischer Polizist
Ojibwa	Volk aus der Algonkin-Sprachfamilie, bezeichnen sich selbst auch als Anishinabe.
Pemmikan	Paste aus Trockenfleisch und Fett, das als Notration diente.
Powwow	Zeremonielles Volks- und Tanzfest der → *First Nations*

Reservat	Land, das den → *First Nations* zugewiesen wurde.
Residential School	Internatsschulen, in denen die Kinder der Ureinwohner Kanadas umerzogen werden sollten.
Schwarzkittel	Pater in schwarzer Kutte
Wigwam	Kuppelförmige Behausung Das Gestell aus gebogenen Stämmen wurde mit Tierhäuten oder Rinde belegt.

Grit Poppe wurde 1964 in Boltenhagen an der Ostsee geboren. Sie studierte am Literaturinstitut in Leipzig und war 1989 bis 1992 Landesgeschäftsführerin für »Demokratie Jetzt«. Heute schreibt sie Bücher für Kinder, Jugendliche und Erwachsene. Ihr Jugendroman *Weggesperrt* wurde u.a. mit dem Gustav-Heinemann-Friedenspreis für Kinder- und Jugendbücher ausgezeichnet und ist inzwischen Schullektüre. 2018 erschien im Peter Hammer Verlag ihr Kinderbuch *Joki und die Wölfe*. Die Autorin hat zwei Kinder und lebt in Potsdam. www.grit-poppe.de

MIX
Papier aus verantwortungsvollen Quellen
FSC® C014138
FSC
www.fsc.org

Das Werk wurde vermittelt durch Agentur Brauer
(Agentin: Ulrike Schuldes).

Umschlag: Niklas Schütte
unter Verwendung eines Bildes von © filipefrazao/123rf.com
Lektorat: Silvia Bartholl
Satz: Graphium Press
Feder © sketchi/shutterstock
Druck: Finidr, s.r.o.
ISBN 978-3-7795-0632-4
www.peter-hammer-verlag.de